推しの育て方を間違えたようです
第三王子に溺愛されるのはモブ令嬢!?
たちばな立花
ill: カロクチトセ

（もしかして、今まで頑張ってきたことへの
神様からのご褒美かしら？）
ミレイナ・エモンスキー
エモンスキー公爵家令嬢。
10歳のときに前世の記憶が混ざり、
自身が小説の中の人物だと自覚した。
推しのために、家庭教師兼、幼馴染として
8年間セドリックを見守る。

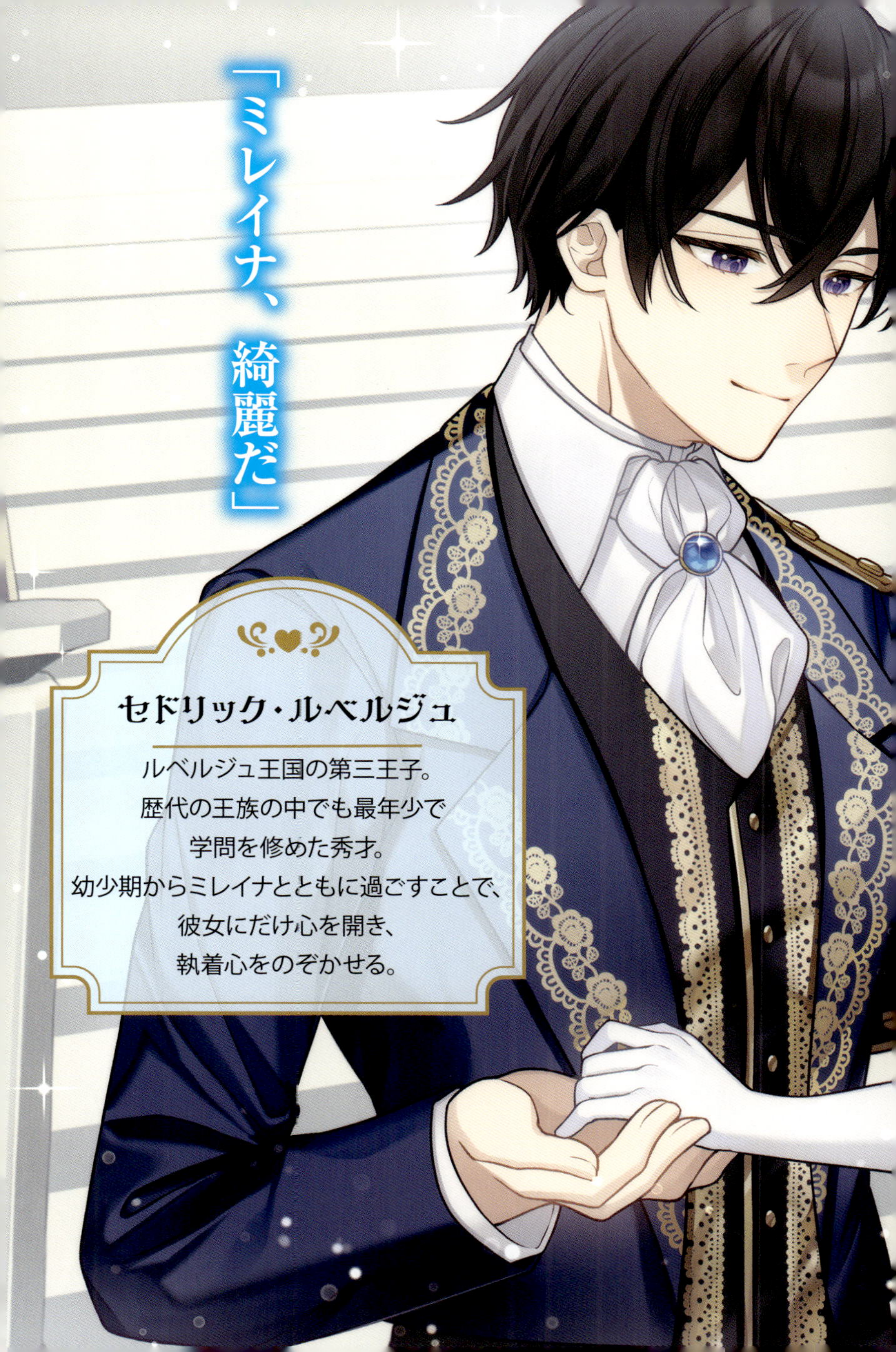
「ミレイナ、綺麗だ」
セドリック・ルベルジュ
ルベルジュ王国の第三王子。
歴代の王族の中でも最年少で
学問を修めた秀才。
幼少期からミレイナとともに過ごすことで、
彼女にだけ心を開き、
執着心をのぞかせる。

「これが心配だったんだろ？」

推しの育て方を間違えたようです

第三王子に溺愛されるのはモブ令嬢⁉

たちばな立花
ill. カロクチトセ

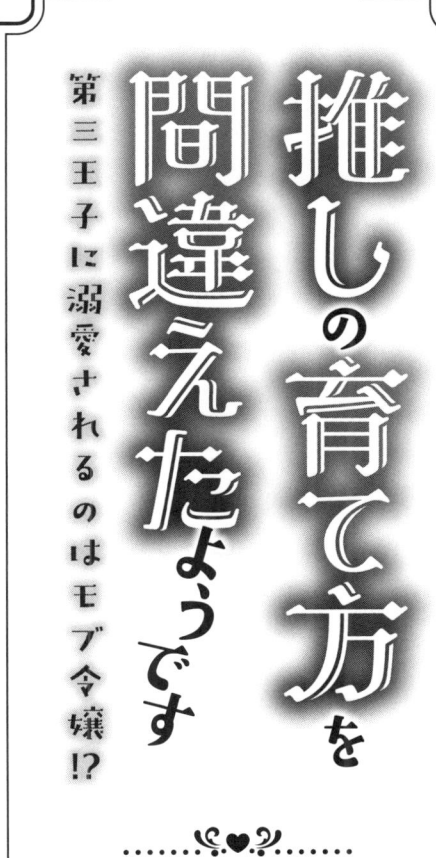

contents

第一話　前世の記憶

ミレイナは部屋の中で一人、大きなため息を吐いた。

「これから、どうしたらいいのかしら？」

つい呟いた独り言に返事はない。

ランプの灯りが反射して、窓にミレイナの顔が映る。

見慣れた顔は困惑の表情を浮かべていた。癖の強い金の髪が揺れる。

「殿下ったら、自分の未来を知らないからってあんなこと……」

ミレイナは右手で左頬を撫でる。まだ感触が残っている気がした。

（まさか、殿下がわたくしにキ――ッ……いいえ、違うわ。あれはただの挨拶よ）

ミレイナは大きく頭をぶんぶんと横に振る。

「とにかく原作どおりに進むように、軌道修正しないとだめよね」

独り拳を握り、窓の自分に向かって頷く。

推しの幸せ。それが、ミレイナにとっての最重要項目なのだから。

◇◆◇

ミレイナには前世の記憶がある。

そして、この世界が前世で読んでいた小説にそっくりであることも覚えていた。

そのことに気づいたのは、ミレイナが十歳のときだ。今のミレイナに少しずつ前世の記憶が混ざっていくような不思議な感覚だった。

ただ、残念なことにミレイナ・エモンスキーという令嬢は、本編では名前すら登場しない脇役。いや、モブ。よく言えばエキストラだったことだ。

前世のミレイナは、どうもその小説の中に登場するヒーロー――ルベルジュ王国の第三王子であるセドリックが大好きだったようだ。何度も小説を読み返し、彼の幸せを願っているほどに。

前世ではそういう相手を『推し』と呼ぶらしい。

セドリックに関連する商品を買い集め、推し活に勤しんだ記憶もある。

ミレイナの中に「彼に会いたい」という恋とは違う感情が芽生えた。

セドリックとミレイナの年の差は五歳。

幸か不幸かエモンスキー家は公爵家という由緒正しい家柄で、王家とは近しい距離だ。

だから、ミレイナは前世の知識とエモンスキー公爵家の権力を総動員して、セドリックに近づくことにしたのだ。


それはまだ、セドリックが十歳、ミレイナが十五歳になったばかりのころ。

ミレイナは両親に頼み込み、セドリックの教師という立場を手に入れたのだった。


「……先生?」

印象的なアメジストの瞳がミレイナを捕らえる。

それだけでミレイナの胸は高鳴った。夢にまで見たセドリックの姿を、初めて間近で見たのだから仕方ない。

わずかに色づいた柔らかそうな頬。風が吹いたらサラサラと音を奏でそうな、艶のある黒髪。あどけなさの残る少年の容貌は、原作小説では出てこない。ファン垂涎の姿だ。

真一文字に結ばれた唇。ミレイナを見つめる瞳は、警戒心の強い猫のようだった。

敵意むき出しの表情すら愛おしく感じる。

ミレイナは緩む頬を引き締めることができなかった。

「はい。ミレイナ・エモンスキーと申します」

「僕には教師など必要ない」

「はい。もちろん存じておりますわ」

セドリックの突き放すような言葉と態度に、ミレイナは満面の笑みで答えた。

他人に興味を持たない性格は、十歳ですでにできあがっていたのだと思うと、怒りどころか胸が熱くなる。

「殿下が先月で王族に必要な学問をすべて修めた天才であることは、王国民なら誰もが知る事実ですから」

セドリックは抜きん出た才能を持っている。歴代の王族の中でも十歳という最年少で王族に必要な学問を修めた。もう、学ぶことなど一つもない。

そして彼は先月、すべての教師に暇を与えた。もちろん、原作にもそれは言及してあったことだ。

そこから原作が始まるまでの八年間、彼がどんな生活をしていたかは小説の中ではあまり語られていなかった。

更に学問を追究しただとか、剣技に磨きをかけただとか、綺麗な言葉が並べられていただけだったのだ。

つまり、この原作が始まる八年間で起こったことは、原作にとって些細な出来事にしかすぎないということ。

つまりつまり、この期間にセドリックとミレイナが、少し仲良くなったところで原作にはさほど影響がないということだ。

ミレイナからしてみれば、原作というものはどうでもいいことだった。

しかし、ミレイナの中にある前世の部分は「セドリックの幸せのためには、原作は大きく変えてはいけない」と強く思っているようである。

同時に、原作小説の推しであるセドリックとお近づきになりたいという欲望が同居していた。

そんな前世の願望を無視することはできない。ミレイナの立場ならばそれが可能だからだ。

エモンスキー家の力を使えば、セドリックに会うことなど造作もないこと。しかし、原作を大きく変えるようなことをしないという制約を、満たさなければならない。

結果、こうして空白の八年間に目をつけたのだ。

セドリックはミレイナを見上げて、鼻で笑う。

「僕は学ぶ必要などない」

「そう言わないでください。わたくしが今日出かけてすぐに屋敷に戻ってしまえば、家族にがっかりされてしまいます」

「それはおまえの問題だろ。僕には関係ない」

彼は不機嫌そうにそっぽを向く。そんなツンケンとした態度も、ミレイナにとってはご褒美の一つだった。

「殿下にはまだ学ぶべきことがたくさんあるはずです」

「必要な学問はすべて終えたのに?」

「学びは学問だけではありません。わたくしが教えて差し上げられることはそうですね……。人との関わり方でしょうか」

セドリックはピクリと眉を跳ねさせた。彼は十歳とは思えないほど大人びていたが、こういう風に感情を表に出すところはまだまだ子どもだ。

ミレイナは苦笑する。

(原作の殿下も偏屈なところがあったから、正攻法は難しいかも。同情を引いてみようかしら?)

ミレイナは顔を曇らせて言った。

「殿下は聡明な方ですから、本当のことを申し上げますね」

「……本当のこと？」

「はい。先生というのは単なる口実なのです。実はわたくし、ひどく人見知りをするものですから、両親が心配して殿下の話し相手という役割を用意してくださったのです」

全部嘘だけども。実際問題、公爵家ともなると家格の合う友達というのはあまりいない。ミレイナと仲良くなろうとしてくれている同年代の子はいたが、みんな親に言われて仕方なくというのがほとんどだ。

それを口実に友達がほしいと両親におねだりしたのは事実。ミレイナの兄が王太子と仲がいいことを挙げ、ミレイナは第三王子であるセドリックとの縁を繋いでもらった。

幼いころセドリックに友達がいないことを王妃が嘆いていたというのは、原作にあった情報だ。頭がいいせいで同年代の子どもと話が合わないのだろう。

セドリックに追い返されたと言っても、両親はおそらくそこまでがっかりはしない。けれど、ミレイナの中にある前世の部分が落胆することは間違いなかった。

前世の部分が落胆するということは、ミレイナ自身が落ち込むことと同意だ。

ミレイナはセドリックの手を握り締める。

「わたくしを助けると思って、一日一時間だけでもいいのです！」

「……なんで僕がそんな面倒なこと」

「お願いします。部屋の隅に置いておいてくれるだけでもかまいませんから」

ミレイナは瞳を潤ませる。両親におねだりするときに使う常套手段だ。

セドリックは大きなため息を吐く。

「……一時間だけ、同じ部屋で過ごすことを許す」

「まあっ！」

ミレイナが思わず喜びの声を上げると、セドリックは綺麗な顔を歪ませた。

「ただし！　一時間だけだ。一分の延長も許さない！」

「一時間で十分《じゅうぶん》です。殿下、感謝いたします。これで両親も安心することでしょう」

「別に、おまえのためじゃない」

セドリックはミレイナの手を振りほどくと、さっさと背を向けた。

まだ小さな背中だ。

（これからこの背中がうんと大きくなるまで見守れるなんて、幸せだわ）

ミレイナは八年後の未来を想像して、頬を緩めた。

こうしてセドリックが折れる形で、ミレイナはセドリックの教師という名の友人の位置を手に入れたのだ。

もちろん、ヒロインにとって代わろうとか、そんな邪な考えがあってのことではない。

前世のミレイナは推しの幸せが第一で、「セドリックの幸せのためには、原作を大きく変えてはいけない」という思いが強かった。

なによりミレイナ自身が、五歳も年下の少年をたぶらかそうなど考えるわけがない。

十五歳のミレイナから見て、十歳のセドリックは可愛いとは思うけれど恋愛対象ではない。

誰よりも一番近くで彼の成長を見守り、この物語の傍観者となることを選んだのだ。

そう、これは崇高な趣味なのである。

幸いなことに前世の趣味はよかったようだ。

幼いとはいえ、美しいセドリックの友人となることは嫌ではなかった。


それから八年。セドリックは小説のとおり美少年へと成長を遂げた。

この八年間で、ミレイナも少しずつ変わっていった。少女から大人の女性へ。そして、少しずつ前世の持っていた感情や価値観も混ざり合っていった。

最初こそセドリックのことを「もう一人の自分が好きな男の子」だったのだが、今ではミレイナ自身も可愛い弟のような、長年愛した「推し」のような、そんな風に思っている。

十歳から十八歳という一番変化する時間を共に過ごしたせいだろうか。

いつの間にか背は抜かされ、見下ろされるようになってしまった。肩幅も広くなり、しっかりとした体つきになった。筋張った手は少年の殻を破る前兆のようにも感じる。

原作小説では成長したあとからの話が主で、少年期の話はオマケ程度だった。

この成長過程を毎日のように見守ることができたのは、ミレイナにとって幸運だと言えよう。

ミレイナはクッキーを口に含むと、にへらと笑った。

テーブルを挟んでセドリックの向かいに座る。この席はミレイナの特等席だ。

彼の美しい顔を見つめながら、王宮の料理人が作るスイーツを食べられる最高の位置だった。

（八年間見続けても飽きないわ）

ただ本を読んでいるだけ。それだけだというのに、彼は輝いて見える。ミレイナの知る言葉の限りを尽くしても、セドリックの美しさを的確に表現するのは難しいだろう。

触り心地のよさそうな、艶のある黒髪。そのあいだから覗く宝石のような瞳。

ミレイナはうっとりと目を細め、落ちそうな頬を両手で押さえた。

文字を追う目が動きを止め、ミレイナに向いた。

「そんなにそのクッキーがおいしい？」

「ん？　ええ。王宮のパティシエは腕がいいわ」

セドリックは「ふーん」と興味なさげに言うと、本に視線を戻す。

（このつれない態度が、またいいのよね）

原作小説のセドリックは天才ゆえに、他人には興味がないという設定だ。だから、ミレイナに興味がなくてもおかしくはない。

この八年でセドリックからどんなに冷たい態度を取られても、ミレイナは挫けることはなかった。それどころか幸せを感じられていたのは、原作小説の記憶が残っていたからに他ならない。

そっけない態度を取られれば取られるほど、前世で推し続けていたセドリックが目の前にいる喜びのほうが大きくなった。

八年間続いた二人の関係は、友達と言っていいものかはわからない。いつも、ミレイナが遊びに来てぴったり一時間、セドリックと共に過ごす。

たいていはセドリックの読書の横で用意されている菓子を楽しみながら、彼の顔を眺めるのだ。会話はどちらかというとミレイナからの一方通行であることが多い。それでも相槌を打ってくれるし、彼は原作でもそこまでおしゃべりなキャラクターではなかったから、問題ない。

セドリックの情報は王妃や、彼の乳母、従者のテオから手に入れた。彼との時間は彼の麗しい姿を記憶に残すことに費やさなければならないのだ。

ミレイナはエキストラ。物語が始まる前にこの関係は終焉を迎えなければいけないのだから。

二枚目のクッキーを手にしながら、ミレイナは「そうだわ」と小さな声で言った。

「残念だけれど、そろそろ頻繁にここには来られなくなってしまうの」

残念なのはミレイナだけで、セドリックは内心喜んでいるだろう。毎日のように押しかけ、隣で一方的に一時間しゃべっている女など邪魔でしかないだろうから。

セドリックの眉がピクリと跳ねた。読んでいた本から顔を上げる。

「なぜ?」

「ほら、もうわたくしも二十三歳でしょう?　そろそろ真剣に結婚相手を探さないといけない年になったのよ」

「結婚相手?」

「ええ。殿下はまだ先の話でしょうけど、わたくしはそろそろ『売れ残り』なんて言われてしまう時期が来てしまったの」

ミレイナは小さくため息を吐いた。

前世の記憶を辿ると、セドリックの青春が始まるのはもうそろそろ。原作小説は始まっているころかもしれない。

ヒロインのシェリーが十七歳のとき、キャンベル子爵家の娘として引き取られるのが物語の始まりだ。シェリーとセドリックの年の差は一歳。

セドリックは十八歳だから、どこかで物語が始まったころだろう。

今のところ、二人が出会った様子はないが、もう少し物語が進んだら、二人は出会うはずだ。

「結婚なんてまだ必要ないだろ」

セドリックの呟きにミレイナは笑う。

恋愛とは無縁の彼には、結婚などまだわからない話なのだろう。

「そう言えたらいいのだけれど……」

できることならずっとセドリックの綺麗な顔を眺めて過ごしたい。けれど、物語が始まればシェリーとセドリックは出会い、二人の恋の物語が始まる。

そうなれば、セドリックに会いにくることも難しくなるだろう。

彼らの大切なイベントの場所や時期は記憶しているから、偶然を装い二人の恋愛を楽しむつもりだ。

(この八年で『あら、偶然ね』って話しかけられるくらいには仲良くなったはず)

セドリックの幸せも大切だけど、そろそろ自分の幸せも考えないと。

前世の記憶があるせいか、子どものころからずっと夢を見ているような気分だった。けれど、もう二十三歳。夢ならもう目が覚めてもおかしくない時間だ。

「ミレイナは社交が嫌いなのにどうやって結婚相手を探す気だ？」

「これからは頑張るつもりよ」

今までの社交はセドリックもいないしつまらなかった。けれど、今年は彼の社交デビューとシェリーとの恋愛が始まるのだ。楽しみに決まっている。今のうちに社交界に溶け込んで、最高のエキストラにならなければ。

特等席で二人の恋愛模様を鑑賞するためには、努力が必要だ。

「そんなにすぐ結婚したいのか？」

「うーん。そうね。早めのほうがいいのではないかしら？」

この世界は前世とは違う。前世のように自由な時代であれば、独身を貫く道も考えた。しかし、この世界では独身は肩身が狭い。結婚こそが女の幸せであり、結婚してこそ男は一人前だと考えられている。

たとえ、公爵家の令嬢だったとしても同じだろう。いや、公爵家の令嬢だからこそ、家のための結婚を重要視される。

両親はミレイナに甘い。今までミレイナのわがままを聞き、自由にさせてくれていた。しかし、そろそろ心配されてもおかしくない年齢になってしまった。

両親が痺れを切らして結婚相手を連れてくるよりも前に自分で見つけるほうが、ある程度自由に決められるはず。だから、自分の身の丈に合う相手を探すつもりだ。

「なら僕と結婚すればいい」

「あら、売れ残りになりそうなわたくしに気をつかってくださるの？」

ミレイナはカラカラと笑った。

推しとの結婚は憧れだけど、すぐにシェリーに奪われるとわかっているのに彼の手を取るわけがない。ヒーローとヒロインは運命の赤い糸で結ばれている。そのあいだに割って入るなど言語道断だ。推しの幸せこそファンの幸せ。

推しには愛ある結婚をしてもらいたいのだ。

セドリックがミレイナの手を取った。持っていたクッキーがテーブルに転がる。

「僕は本気だ」

「だめよ。殿下とわたくしとではつり合わないわ」

「第三王子と公爵令嬢。十分つり合いが取れているだろ」

「つり合いって身分だけじゃないもの」

身分、年齢、他にも色々ある。

シェリーと出会うまでのあいだだとしても、ミレイナのように社交界でもあまり目立たない地味な女性が、麗しの第三王子であるセドリックの相手になるのは、気が引けるというものだ。

「わたくしは殿下のお友達になれただけで十分幸せですから。わたくしに気をつかわなくてよろしいのですよ」

もてない女を哀れんだのだろう。恋を知らないセドリックは結婚を軽く考えているのだ。

きっと「まあ、好きな奴もいないし、かわいそうだから結婚してやるか」とでも思っているのだろう。

セドリックは不服そうに眉根を寄せる。

ほんの少しでも、哀れんでくれたのであれば、セドリックと過ごしたこの八年間は悪いものではなかった。

◇◆◇

ミレイナが従弟のビルのエスコートで夜会に行ったのは、それから数日後のこと。

「ミレイナ姉さんが、結婚相手を探しているなんて知らなかったよ」

ビルは茶色の目を細めて笑いながら言った。くすんだ茶の髪が笑うたびに揺れる。

彼はミレイナよりも二歳年下の二十一歳。ハリス伯爵家の一人息子だ。彼の母親である叔母とミレイナの母親は姉妹で仲がよく、互いの屋敷を行き来している。そのため、ビルとミレイナ、そしてミレイナの兄であるウォーレンは幼いころ、兄弟のように遊ぶ仲だった。

大人になるにつれ、ビルと顔を合わせる機会も減ったが、彼は今もミレイナのことを姉のように慕ってくれている。

ミレイナにとっても、家族の次に気安く声を掛けやすい相手だ。

彼にはサシャという婚約者がいる。しかし、彼女は王都から離れた領地に住んでいるため、基本的に王都の社交場には出てこなかった。

だから、婚活のためとビルにエスコートをお願いしたら、あっさりと承諾してくれたのだ。

「わたくしだってもう二十三歳だもの、結婚相手くらいは探すわ？」

「いや、だってさ。第三王子殿下がいるだろ？」

「なぜわたくしの結婚に殿下が関わってくるの？　殿下はこれから素敵な女性と出会うのよ」

みんなはまだ知らない。あともう少しで愛らしい少女との恋が始まるのだ。他人に興味を持たなかった彼が、ヒロインに心を溶かされ、恋を知っていく。

（凍った心が少しずつ溶かされていくのよ。……楽しみだわ）

美男美女の恋愛を想像して、ミレイナはうっとりと頬を緩めた。

（ずっと冷たい態度を取っていた殿下が、どんどん彼女を好きになって甘くなっていくのがいいのよね）

近い未来、その瞬間に立ち会えるかもしれないと思うと、胸が高鳴る。

そのためにも、パーティーのエスコートを毎回頼めるような相手を見つけたいところだ。

「まあ、いっか。ミレイナ姉さんが本気を出したら一分で相手が決まるよ。どんな人と結婚したいのさ？」

「そうねぇ。誠実で優しい人がいいわ」

大恋愛には興味がない。

大恋愛とは惚れた腫れたと騒ぎ、カロリーを使う行為だと思う。そういうのは美男美女がやってこそ。ミレイナのようなエキストラは大人しく、条件のよさで決めればいいのだ。恋愛に使うカロリーを、すべて物語を傍観するために使うつもりである。

「他には？　顔の好みとかさ」

「顔にこだわりはないわ。でも……わたくしみたいに普通の女でも尊重してくれる人がいいわね」

「ミレイナ姉さんが普通って、それは謙遜がすぎるよ」

「はいはい。わかっているわ。ありがとう」

ミレイナは従弟の優しい言葉に笑みを浮かべた。しかし、事実だ。ミレイナは物語にピックアップもされないようなエキストラ。普通でなければなんだというのだろうか。

みんながミレイナを褒めるのは、ミレイナの容姿が本当に優れているからではない。家族や親戚はひいき目で見るし、他の貴族たちはミレイナが公爵家の令嬢だから褒める。

つまり、すべてはお世辞というわけだ。ミレイナは、そんなお世辞を真に受けてしまうほど子どもではなかった。

「ミレイナ姉さんが結婚相手探しに本気なら、紹介したい奴が何人かいるんだ」

「それは助かるわ。知り合いもあまりいないし、どうしようか悩んでいたの」

「今日参加してる人もいるから、少しずつ紹介するよ」

ミレイナとは違い、ビルは昔から社交的だった。

彼は友人と毎夜のように遊び歩いているようだ。ミレイナの母に叔母が愚痴をこぼしていたのを、聞いたことがあった。

「紹介できる方が何人もいるの？」

ミレイナと年齢が合うとなると二十代の男性だ。二十代にもなると、結婚していなくても婚約者がいてもおかしくはない。

それなのに婚約者も決まっていない男性が、何人もいるのだろうか。横恋慕はミレイナの趣味ではないのだが。

ビルはミレイナの言いたいことがわかったのか、にんまり笑った。

「ほら、まだ二人の王子が婚約もしてないだろ？　だから、みんな様子をうかがっているらしい」

「そうなの？」

「だからなのか、最近はお見合いも活発じゃないし、恋愛結婚が多いみたいだよ」

第三王子であるセドリックは、あと数ヶ月のうちに大恋愛をする。第二王子はたしか、ミレイナより一歳上の二十四歳。原作ではセドリックの恋人となるヒロインに横恋慕する役だ。

ミレイナも過去、何度か社交場や王宮で顔を合わせたことがある。

セドリックの恋敵となるだけあって、第二王子もセドリックに負けず美男子だ。もちろん、セドリックには敵わないが。

公式の場にも顔を出している第二王子の人気は高い。彼に見初められたい令嬢が多くいるのは頷ける。

（なら、慌てなくてもよさそうね）

原作に深く関わらなさそうな相手を探すだけ。

ミレイナは辺りを見回した。

「今日はいつもよりも人が多い気がするわ」

いつもよりなんて言ったけれど、ミレイナが夜会に参加するのは一年に数回だ。

もしかしたら、その日が特に人が少なかっただけかもしれない。

しかも、たくさん視線を感じる。

(もしかして、流行りのドレスが似合っていないのかしら?)

ミレイナは流行に詳しくない。人生の大半を推しに関することに注いできたせいか、ドレスにはさほど興味がもてなかった。

だから、ドレスはいつも専属侍女のアンジーに任せきりだ。彼女は知識が豊富で、こういう夜会では流行りを意識したスタイルにしてくれる。

着替えの中アンジーは、最近の流行りはボリュームのあるスカートと、繊細なレースだと力説していた。

レースをふんだんに使ったドレスは、華やかで美しい。しかし、地味なミレイナには少し派手すぎた可能性がある。

みんな、ドレスに着られているミレイナを陰で笑っているのではないだろうか。

「あ、いたいた。ミレイナ姉さん、紹介するよ。こちらはアンドリュー・フレソンさん」

「ミレイナ嬢、ごきげんよう」

アンドリューと呼ばれた男は、ミレイナの指先に唇を落とす仕草をする。

ビルはミレイナの耳元で、「フレソン侯爵家の若様で二十八歳」と告げた。ミレイナの五歳年上で侯爵家。つり合いが取れていると言いたいのだろう。

「それじゃあ、俺は他のところに挨拶でも行ってくるから、アンドリューさん、少しのあいだミレイナ姉さんをお願いします」

ビルはそれだけ言うと、ミレイナの返答も聞かずに行ってしまった。

「せっかくですから、ダンスでもいかがですか？」

出会って三秒でダンスとは気が早い気もする。けれど、会話の内容も思いつかないので、ダンスをしていたほうがいくらかましかもしれない。

「あまり得意ではないので、足を踏んでしまうかもしれませんがよろしいでしょうか？」

「かまいませんよ」

アンドリューに差し出された手を取る。

彼は金髪の美丈夫だった。全身白でコーディネートされた服はとても目を引く。

ダンスをしているあいだ、前世の記憶を辿ったが、アンドリューという名前の男の登場はなかった。つまり、彼もミレイナと同じエキストラだ。

濃い緑の瞳がミレイナを不躾に見る。

品定めでもされているようで、あまり気分はよくなかった。

「まさか、ミレイナ嬢とダンスをご一緒できる日が来ようとは思いもしませんでした。遠くから見てもお美しいと思っていましたが、近くで見ると更にお美しいですね」

「まあ。お世辞がお上手ですのね」

お世辞は慣れている。

(美しいっていうのは、殿下のような人のことを言うのよ)

セドリック以上に美しい人を、ミレイナは知らない。そして、セドリックと比べたらミレイナなど足元にも及ばないことをよく理解しているのだ。

「ミレイナ嬢はセドリック殿下と親しいと聞きましたが。……長く教師をされているとか」

「ええ。教師と言っても、殿下は才能のある方ですからただのお話し相手ですわね」

「ご謙遜を。殿下は気難しい方ですから、ただの話し相手も難しいかと。何人もの人が彼と関わりを持とうとして失敗してきました」

「殿下は少し人見知りなところがありますから」

ミレイナは曖昧に笑った。

ミレイナが毎日セドリックに会いに行くようになって、他にも同じことをして彼との仲を深めようとした貴族がいたという。

彼らは全員、セドリックに追い払われたとも聞いた。

(この人はわたくしを通して殿下と仲良くなりたいのね)

セドリックは第三王子ではあるが、王族に変わりない。将来国王にならなくとも、王族として国政に関わっていくことになる。特に彼は生まれたときから様々な才能を発揮しているから、期待値も高いのだ。

彼と繋がりを欲する人は山ほどいた。

そして、彼との縁を持っている貴族はほとんどいない。

そのうちの一人が、ミレイナだ。

（殿下との繋がりがほしい人との結婚はだめね。もっと身分が低い人のほうがいいのかも）

王族との関わりがない人。打算的でない人のほうが望ましい。

前世の記憶があるからか、質素な生活には慣れている。

元々物欲も少ないほうだ。

二十三年間で与えられたミレイナの予算のほとんどは残っていた。結婚時にそれを持参すれば、質素に年老いるまで暮らせるだろう。

（でも、原作が終わるまでの期間は社交界にも顔を出したいのよね）

できれば一番近くで物語を鑑賞したいのだ。そのあとは時折、顔を見られれば安泰だろう。

（そうなると、王都で働く役人とか騎士もいいかしら）

ミレイナはアンドリューに笑顔を返しながらも、頭の中は結婚の計画でいっぱいだった。気づけば、いつの間にか一曲踊り終えていたのだ。

「ミレイナ嬢はダンスもお上手なのですね」

「いえ、アンドリュー様のエスコートがお上手だったのでしょう」

素直に言えば、ほとんど記憶にない。一度や二度、足を踏んでいるかもしれない。

ミレイナは他の令嬢に比べて、ダンスの経験が少なかった。元々夜会にも年に数回しか参加しないうえ、最近では練習もおろそかにしている。

たくさん踏んでいれば、次に誘われることもないだろうから気にすることもないか。

「せっかくですから、向こうでゆっくりお話しでもしませんか？」

「でも、そろそろビルが迎えに……」

「まだ彼は友人との話に夢中みたいですよ？」

確かにビルはアンドリューの言うとおり、数人の友人たちと楽しそうにおしゃべり中だった。

このまま誘いを無下に断っても、あまりいいことはないかもしれない。ミレイナは「では、少しだけ」とアンドリューの手を取ったのだ。

しかし、一歩を踏み出す前に後ろから腰を抱かれ、思いっきり後ろへと重心が傾いた。

「きゃっ⁉」

「おいっ！　おまえ、ミレイナ嬢に何を――……」

驚いて振り返ると、見知った顔があった。――セドリックだ。

「殿下っ⁉　なぜここに？　ちょっと……！」

セドリックはミレイナを抱き上げると、会場を出る。ざわめきを背に、無力なミレイナは何もできなかった。

彼はミレイナを抱き上げたまま、大股でずんずんと進んでいく。状況を飲み込む前に、会場の外に用意されていた部屋まで連れていかれた。

休憩するのに早い時間だからか、他に人は見当たらない。淡いランプの光が二人を照らす。

「殿下、突然どうしたの？」

セドリックは社交デビューをまだ済ませていない。

あまり顔は知られていないとはいえ、来るはずのない彼が現れて、みんな驚いたことだろう。

ミレイナだって突然のことに驚いている。

セドリックはいつも以上に不機嫌な顔で、ミレイナを見つめた。

紫の瞳がランプの光に照らされて、燃えているようだ。

「あれが結婚相手？」

「あ、れ……？」

ミレイナは首を傾げた。「あれ」と言われてもどれかわからない。

「金色の奴」

「金……？　フレソンさん？　ただダンスを一曲ご一緒しただけよ？」

「楽しそうにしていただろ。ああいうのが好きなのか？」

「普通、仏頂面でダンスなんてしないわ」

仏頂面でダンスが許されるのは、セドリックくらいなのではないだろうか。

「あんな男は君にふさわしくない。アンドリュー・フレソン、二十八歳。フレソン侯爵家の長男。独身だが外に女が三人、婚外子は二人」

「まあ！　詳しいのね」

「それくらいの情報は勝手に入ってくる」

（ずっと宮殿に籠もっているのに？）

ミレイナは再び首を傾げた。セドリックは人と会うことを嫌い、人の訪問を拒んでいる。

セドリックが誰とも会わないせいで、ミレイナに繋ぎを求めてくる人が後を絶たないのだ。

そんな彼がアンドリューの情報を知っているとは思わなかった。しかも、かなりプライベートなことまで。

「安心して。フレソンさんとは本当に一曲ご一緒しただけよ」

「君は騙されやすいから、こんなところで結婚相手を探すのは、やめたほうがいい」

「過保護なんだから。これではどちらが年上かわからないわね」

ミレイナはカラカラと笑った。

まさか、まだ五歳も年下の子に心配されるとは思っていなかったのだ。

しかも、あのセドリックに。

（人の心配ができるくらいには大人になったのね）

他人のことになんか興味もなかった少年が、ミレイナの心配をしている。

感慨深い。

いつもミレイナの話を「へえ」と「そう」で返し、興味なさそうにしていたというのに。少なくとも、ミレイナの行く末を気にする程度には関心を持ってくれているということだ。

「君の従弟が紹介する男は全部やめといたほうがいい」

「あらあら。そうなると、一生結婚できないわ」

「だから、僕のところにくればいい」

「それはだめよ」

ミレイナはキッパリと答えた。

セドリックの幸せを邪魔することはできない。

彼の幸せの行く先をミレイナはよく知っていた。ヒロインのシェリーと出会い、彼はたくさんの感情を手に入れるのだ。その先に彼の幸せがある。

推しの幸せこそ、ミレイナの幸せ。

ミレイナが彼の好意に甘えたら、今後現れたヒロインが苦労するのは目に見えている。

(婚約者のいる王子との恋愛なんて、少しジャンルが変わってしまうものね)

エモンスキー公爵家は王家とも近しい家柄だ。ミレイナが邪魔をする気がなくても、周りが黙っていないだろう。泥仕合になることは目に見えている。

最後はヒロインの下に行くのはわかっているのだ。一度交わした婚約を白紙に戻すことがあれば、ミレイナにも悪いイメージがつきまとうだろう。

平凡な人生を送るためにも、名前に傷はつけたくない。

なによりミレイナは、セドリックとヒロインの恋愛を間近で見ることを楽しみに生きてきた。

それを自分で壊すようなことをするつもりはない。

「なぜ？　年齢以外はつり合いが取れているのに？」

「殿下はこれから社交界にデビューして、いろんな出会いがあるわ。今は側にわたくししかいないから、妥協しようと思えるのよ」

前世の記憶が正しければ、セドリックの前に現れるシェリーはとても可愛らしく、心優しいいい子だ。

セドリックを本当に幸せにできるのは彼女しかいないだろう。ミレイナが割り込んでいいわけがない。

「わたくしで妥協したら、一年後には後悔することになるわ」

「そんなことは絶対にない」

「蓋を開けてみないとわからないでしょう?」

一年など待たなくても、シェリーと出会ってすぐに後悔するかもしれない。

今日のことを後悔する前に彼の先生として、年上の友人として止めるべきだと思った。

しかし、自分の未来など知らないセドリックは、頭を横に振る。

「なら、賭けよう。一年後も僕の気持ちが変わらなければ、結婚して」

セドリックはミレイナの髪をひと房つかむと、唇を落とした。上目遣いで見上げられた瞬間、胸がドキリと跳ねる。

物語のワンシーンのような光景が、目の前に広がっているのだ。しかも、相手は長年推してきたセドリック。胸が騒がないほうがおかしい。

どこでそんな仕草を覚えるのだろう。さすがは物語のヒーローというべきか。

(そんなこと言って。数ヶ月もしないうちに、賭けていたことも忘れると思うわ)

セドリックは少し頑固なところがある。ここは、ミレイナが折れるふりをして、話を合わせたほうがいいだろう。

ミレイナは笑みを浮かべた。

「いいわよ。なら、わたくしが賭けに勝ったら、何をもらおうかしら?」

「屋敷でも領地でもなんでも。まあ、屋敷も領地も僕と結婚したら君の物だけど」

運命の出会いがすぐそこに迫っていることを、彼はまだ知らない。

(二人の愛の巣は奪わないであげる)

ハッピーエンドを迎えたあとに二人は幸せに暮らす場所がある。王都の端にあるセドリック所有の離宮だ。そこは王都内にありながら、緑豊かで一年中花が咲いているのだとか。

一度見てみたいけれど、そこに押しかけるつもりはない。そんなところまでお邪魔したら馬に蹴られて死んでしまうだろうから。

ヒロインとのめくるめくひとときを想像して、ミレイナは頬を緩ませた。

緩んだ頬をセドリックがつまむ。

「いひゃいわ」

「全然意味がわかってないみたいだから」

セドリックは不機嫌そうに眉根を寄せた。いつも興味なさそうに澄ました顔をしているのに、今日は珍しく怒ってばかりだ。

つい、そんな表情をじっくりと見てみたくなって顔を覗き込んだ。

眉間の皺がますます深くなる。

「ちゃんとわかっているわ」

「ふーん。じゃあ、今日から本気出すから覚悟してもらって」

セドリックはそれだけ言うと、ミレイナの頬に口づける。頬といってもほとんど唇の端のような場所だ。

ミレイナは慌てて頬を押さえた。

「で、殿下っ⁉　どうして⁉」

「賭けの一年間、君を口説かないとは言ってない」

「……意味がわからないわ」

「ほら、やっぱりわかっていない」

彼はこれ見よがしにはあ、と大きなため息を吐き出した。

「もうこれ以上我慢しないし、もう『弟』だなんて言わせない」

彼の瞳に映るミレイナの頬は林檎のように真っ赤だった。

第二話　お忍びデートのお誘い

清々しい朝だった。

夜会の疲れを足にじんわりと感じる以外はいつもどおりだ。

香を入れた湯で足を温め、メイドにもみほぐしてもらう。

優しく足の裏からふくらはぎにかけてもんでもらうのは至福のとき。夜会もダンスも社交も苦手だけれど、夜会に参加した次の日のマッサージは好きだ。

ミレイナは椅子に座ったまま、うつらうつらと頭を傾けた。

「お嬢様、いつも以上にお疲れですね」

椅子から滑り落ちそうになった身体を侍女のアンジーに支えられ、瞼を上げた。昨夜はあまり眠れなかったせいで、気を抜くとすぐに眠ってしまいそうだ。

出かかったあくびをかみ殺すと、涙がじわりとあふれた。

「ええ、昨日は色々あったの」

慣れない夜会はもちろんだが、問題はセドリックの頬の口づけだ。

ミレイナは昨夜のことをまざまざと思い出して、左頬を押さえた。

（あ、あんなの挨拶みたいなものよ！　わたくしもお父様やお兄様にしたことがあるわ）

家族間ではよくあること。ミレイナとセドリックは家族ではないが、八年顔を合わせてきた。

ミレイナが彼を弟のように思っているのと同じように、彼もミレイナを姉だと思っているからこその行為に違いない。

ミレイナの考えを否定するかのような、彼の「もう『弟』だなんて言わせない」という言葉を思い出す。慌てて頭を横に振った。

（あの言葉をそのままの意味で捉えてはだめよ！）

セドリックの考えは、ある程度予想がついている。

今のセドリックはミレイナと婚約することで、多くの煩わしさから逃げたいのだろう。

彼は今年、社交デビューを果たすことになる。

それは、彼の嫌いな社交が待っているということ。王族ともなると、結婚相手を決めるまでのあいだ、特に周囲が騒がしくなる。

令嬢もその両親もどうにかしてセドリックに近づこうと躍起になるはずだ。

兄が二人もいるので、セドリックもよく理解していることだろう。

ミレイナと婚約することで、彼はその煩わしさから逃げることができる。

彼の狙いはその辺りだろう。

（でも、シェリーと出会えば、セドリックの気持ちも変わるはずよね！）

今できることは、立場をわきまえセドリックの教師という役割を守り抜くことだけだ。

一人で百面相をするミレイナに、アンジーは紅茶のカップを差し出した。

「心配事が多いようですが、大丈夫ですか？」

「心配ないわ。あと少しすれば、落ち着く予定なの」

「王子殿下との約束の時間までたっぷりありますから、ごゆっくりなさってください」

ミレイナは笑みを浮かべて頷くと、紅茶を一口、口に含む。

すっきりとした味わいに、ホッと息をついた。――そのときだ。

部屋の外からバタバタと騒がしい足音が響いた。メイドたちが手を止め、扉に視線を送る。アンジーが扉を開けると同時に、メイドの一人がなだれ込むようにして、部屋に入ってきた。

「お嬢様、どうしましょう！」

メイドは焦った声で言った。

ミレイナは首を傾げる。公爵家で働く使用人はみんな落ち着いていて、彼女たちが慌てることなんてふだんはあまりない。それ相応のことがあったに違いなかった。

「そんなに慌ててどうしたの？　お嬢様が驚いているわ」

アンジーに促され、メイドは慌てて姿勢を正した。

彼女は手を胸に当て、数度の深呼吸を繰り返す。

「お嬢様、第三王子殿下がこちらにおいでです」

「……殿下が？」

ミレイナは再び首を傾げた。出会ってから八年、セドリックが外に出たことなどあっただろうか。彼はほとんどの時間を王子宮で過ごす。彼がわざわざ外出をするところは、まったく想像できなかった。

しかも今はまだ午前中。

ミレイナに用事があるのであれば、午後を待てばいい。毎日同じ時間にミレイナはセドリックの下に訪問しているのだから。

「ご用件は聞いたの？」

「お嬢様にお会いしたいとのことでしたので、応接室にお通ししました」

「なら、急いで準備しましょう」

マッサージは少しお預けだ。

少しがっかりしたが、セドリックを長く待たせるわけにはいかない。だからといって部屋着で寛いでいる中、この部屋に呼ぶことは考えられなかった。


メイドたちの尽力により、いつもよりも早く準備ができた。応接室に入ると、セドリックは退屈そうな顔で本を読んでいる。

（来るなら先に連絡をくれればよろしいのに）

そういうものだと聞いている。誰かに会いに行くときは事前に了解を得るのが基本だと。もし、緊急で会わなければならないときも、先に侍従の一人を行かせ、連絡をしておくのが基本だ。

女性は準備に時間がかかる。先に知らせることで、待つ時間と待たせる時間を短縮させることができるのだ。

極めて合理的だと思う。

無駄を嫌うセドリックならば、それくらいしてもおかしくないと思ったのだが、違ったようだ。

「殿下ったら、こんな朝早くにどうなさったの？」

「エモンスキー家に来たことがなかったから、興味が湧いた」

セドリックはいつもの調子で不機嫌そうに言う。

王宮に比べたらエモンスキー家など小さな屋敷にすぎない。他の貴族のように特別綺麗な庭園があるわけでもなければ、絵画をコレクションしているでもなかった。よくある貴族の屋敷と言ってもいいだろう。

出不精のセドリックが、わざわざ準備をして来るほどのものだろうか？

（もしかして、お父様やお兄様に会いに来たのかしら？）

セドリックは少しシャイなところがあるから、直接会いには行けず、ミレイナを通して会おうと思ったのかもしれない。

「ごめんなさい。今日、家族はみんな出払っているから、わたくししかいないのだけれど……。大丈夫かしら？」

ミレイナは眉尻を下げて言った。

今日は王太子主催で狩りが開催されているため、朝からみんな出払っている。ミレイナは血が苦手だとか、適当なことを言って毎年断っていたら誘われなくなった。

セドリックはまだ社交デビュー前だから、招待されていないのだろう。

「知ってる。ミレイナ以外には用はないから構わない」

「なら、お昼まで待ってくだされば、いつものように会いに行きましたのに」

「それじゃあ遅いから」

「まあ。どうして？」

「今日はデートに行こうと思って」

セドリックはさらりと言った。

ミレイナは目を瞬かせる。セドリックには似合わない言葉だからだ。

「デート？」

（デートってあのデート？　他にデートと呼ぶようなものがあったかしら？）

「ああ、君は知らないかもしれないけど、男女二人で出かけることだ」

「馬鹿にしないでください。それくらいは知っておりますわ。わたくしだって、一度や二度経験があるもの」

前世で、という枕詞がつくのだが、それは言わないでおこう。五歳も年上なのに何も知らないのかと笑われるのは、悔しかった。少しくらい見栄を張りたかったのだ。

しかし、セドリックの反応は想像していたものと違った。

「誰と？」

「……え？」

「君と一度や二度デートした相手だよ」

「そ、そんなの誰でもいいでしょう？」

「誰でもよくない。昨日だって面倒な男に捕まっていたじゃないか」

ミレイナは目を泳がせる。

もっと違う反応を期待していた。「へぇ、すごいじゃん」くらいのことは言ってくれると思っていたのだ。

人付き合いはいいほうではないが、セドリックよりは社交的であると自負している。こういうときこそ頼れるお姉さんぶりたかった。

（とっても怒っているみたい。もしかして、のけ者にされたと思って怒っているのかしら？）

他人には興味がないといってもまだ年頃の男の子だ。ミレイナは背伸びをするとセドリックの頭を撫でた。さらさらの髪が揺れる。同時に紫色の瞳も揺れた。

「昔のことだから覚えていないわ。殿下と会う前の話よ。……だから、そんなに怒らないで」

事実、前世のことはよく覚えていないことが多い。

年々、記憶も薄れてきたように思う。

「……怒ってない」

不機嫌そうに言ったセドリックはミレイナの肩に顔を埋めた。彼の少し甘くて優しい香りが鼻腔をくすぐる。

こういうとき、ミレイナはただ彼の背中を撫でるようにしていた。

幼いころから母親の側を離れ、王族に必要な学問などを叩き込まれたせいか、セドリックは甘えるのが下手なのだ。

これは、下手なりに甘えているのだということを、ミレイナは知っている。

突然、彼はパッと顔を上げた。機嫌を直したのか、彼はニイッと口角を上げる。

「詳しいなら教えてよ」

「何を？」

「デートだよ。デート。君は僕の先生なんだから、デートがどんなものか教えてくれるだろう？」

「デートを、わたくしが？」

セドリックはミレイナの問いに深く頷く。その顔は真剣だ。

「そういうのはもっと詳しい人に聞いたほうがいいと思うけれど……」

「もし、僕がデートの仕方を人に聞いていたなんて噂が立ったら、王族の面目は丸つぶれだろ？その点、ミレイナなら口が固いし安心だ」

確かに、とミレイナは頷いた。

王族は一言一行を見られている。セドリックがデートの仕方など人に聞いていると知れば、彼に近づきたい女性がたくさん押しかけてくる可能性もあるのだ。

そうなると、ヒロインのシェリーとの出会いがうまくいかなくなる可能性もある。

「わかったわ。任せてちょうだい！　全部、わたくしが教えてあげる」

（と、見栄を張ったのはいいけれど、今世では一度もデートなんて行ったこともないわ。……お兄様たちはどこに行っていたかしら？）

ミレイナの参考になる人物といえば、両親と兄夫婦くらいだ。彼らはよく夫婦二人で出かけていき、ありったけの荷物を抱えて帰ってくる。

「そうだわ。お買い物とかどう？」

「……買い物？」

「ええ、殿下はいつも王子宮から出ないでしょう？　街でお買い物をしたら楽しいと思うの」

我ながら妙案だと思った。高位の貴族や王族は買い物には出かけず、商人を通して買いつけることが多い。

エモンスキー家も例外ではないのだが、家族は外に出てする買い物が好きだった。

ミレイナは社交場が苦手だが、家族と行く買い物は好きだ。店の扉をくぐったとき、パッと世界が変わるあの高揚感。きっと、引きこもりのセドリックは知らないだろう。

（いろんなお店を知っておけば、本当のデートをしたときにスマートに案内できるわ）

と、いうのは口実で、セドリックにいろんな服を着せて楽しみたいというのが本音だ。十八歳になったセドリックはどんな服装でも着こなせそうなほど美少年に育った。

いつも似たような服しか着ないので、つまらないと思っていたところだ。

「……僕は、欲しいものはない」

セドリックは眉根を寄せて言った。ミレイナの下心が透けて見えてしまっただろうか。

実はまだ彼が十二歳のときに、一度だけ着せ替えごっこをして遊んだことがある。しかし、ミレイナが楽しみすぎて、「もう二度とやらない」と言われてしまった。「欲しいものはない」とはつまり、「着せ替え人形になるつもりはない」という意味だろう。

ミレイナはがっくりと肩を落とした。

「……が、ミレイナがどうしても行きたいなら付き合ってやってもいい」

「大丈夫、別のところに行きましょう！　デートは二人で楽しむものですもの！」

ミレイナはセドリックを見上げて、微笑んだ。彼の眉間がわずかに寄った。

ミレイナ自身の買い物につき合わせて、セドリックに「デートはつまらないものだ」と思われてしまっては困る。

（もちろん、殿下は騒がしいところは嫌いよね）

美術館やオペラ鑑賞は、他の客と接触する可能性が高くなる。きっと、提案しても乗り気にはならないだろう。

（殿下は本を読むのが好きだから、落ち着いた場所がいいわね……）

「そうだわ！　ゆっくりできる素敵な場所があるの。そこに連れて行ってあげる」

ミレイナは満面の笑みでセドリックを見上げると、彼の手を取る。八年前とは全然違う大きな手。ミレイナよりも小さかった手が、一回りも二回りも大きくなっている。

「でも……。外でその格好は少し目立ってしまうから、別の日にしましょう」

「いや、今日でいい」

「その格好で出歩いたら、目立ってお出かけが嫌になってしまうかもしれないわ」

せっかくセドリックの出不精が治るチャンスを、そんなことで潰したくない。万全の準備をすべきだろう。

「変装に必要な物は全部持ってきたから」

セドリックはそれだけ言うと、応接室で空気のように佇んでいた従者のテオに目配せをする。彼は心得たように馬車から大きな箱を一個持ってきた。

ミレイナが隠れられるほどの大きな箱だ。

箱の中には服が何着も入っている。ふだんセドリックが着ないような服ばかりだ。

「どんな格好がいいかわからなかったから、考えられる限りの服を用意させた」

セドリックの説明にミレイナは、一番上に置いてある服を一着取り出す。

ペラペラでシワシワの生地でできたシャツ。膝に穴の空いたズボン。

これをセドリックが着るというのだろうか。

「どんな格好をすればいい？」

「ここまでの変装をする必要はないわ。連れて行こうと思っていた場所は、貴族や平民の中で富裕層向けのお店なの」

王族が来たとわかればてんやわんやだろうから、もう少し控えめな格好のほうがいいけれど、ここまでボロボロである必要はない。

「では、こちらではいかがでしょうか？」

テオは愛想笑いを浮かべながら、箱の中から一着の服を取り出した。白シャツにテーラードベスト。装飾は少ないが、遠目からでも仕立てがいいことがわかる。

（本当に考えられる限り用意したのね）

そういうところがセドリックらしいとも言える。彼は几帳面なところがある。

この前もそうだった。

八年前、ミレイナはセドリックと一時間一緒にいる権利を得ているのだが、その日は話のキリもよかったので、少し早く帰ろうとしたのだ。

しかし、セドリックが難しい顔をして『あと十分《じっぷん》も残っている』と言った。

几帳面で頑固な証拠だろう。

（殿下はなんとしても今日、『デート』というものを経験したいのね）

ミレイナは小さく笑った。やはり身体が大きくなっても子どもらしいところは残っている。

「では、わたくしもそのお洋服に合わせて着替えますから、準備ができたら廊下にいるメイドにお伝えください」

ミレイナは、セドリックの用意した服に合わせて着る物を選ぶ。

動きやすい簡素なものだけれど、今はやりの形だとアンジーたちが言っていた。貴族のお忍びデートの定番だそうだ。

スカートがふくらはぎまでの短いもので、足首が出るのが特徴だという。ふだんよりも短いスカートは、なんだかスースーした。

この足首が見えるドレスが流行ったことで、おしゃれな靴が人気なのだとか。

慣れない格好に、ミレイナは少しだけワクワクとしていた。

セドリックの待つ応接室に戻ると、彼の準備はすでに終えているようだ。

扉を叩くと、すぐに開いた。

「どう？」

扉を潜った途端、聞き慣れた声が降ってきて、ミレイナは見上げた。

金の髪が揺れる。

ミレイナは目を丸めた。

セドリックの見慣れた黒髪の面影はすっかり消え、輝かんばかりの金色に変わっていたのだ。

元々顔立ちが華やかだからか、金色でも負けない美しさがある。そこがミレイナとは違うところだろうか。

紫色の瞳と相まって、どこか儚げで神秘的だ。

「殿下、その髪はどうしたの？」

「染め粉だから、洗えば落ちる。黒髪のままじゃ王子だってすぐにバレるかもしれないだろう？」

恥ずかし気にセドリックは言った。

居心地が悪そうに、毛先を指でいじる。

「殿下はほとんど外に出ないから、黒髪のままでも大丈夫だと思うけど……」

けれど、金髪姿を見ることができたことは幸運だった。

（そういえば、原作の中でも金髪に変えて出かける話があったわ。こんな感じだったのね）

ミレイナはうっとりとセドリックを見上げる。黒も似合うが金も似合う。いつもとは違う雰囲気というのが、特別感があっていいとも思った。

ミレイナの髪色とよく似ている。

「とってもよく似合っているわ。これなら、わたくしたち姉弟に見られるかもしれないわね」

「それは絶対にない」

ミレイナの言葉にセドリックが間髪入れずに答えた。似た髪の色だし、パッと見た感じで姉弟に見られてもおかしくはないと思ったのだが。

（よく考えたら、こんな美形と姉弟に見られるかもだなんて、おこがましいわね）

彼は華やかな色に負けないくらい整った目鼻立ちをしている。モブのミレイナは、彼と並んだら雲泥の差だろう。

ミレイナは自身の髪を見て、肩を落とした。髪色が同じくらいで浮かれてしまうなんて恥ずかしい。

「そんなことより、君がおすすめだという『素敵な場所』とやらに早く行こう」

セドリックが促すようにミレイナの肩を抱いた。

いつもとは違う距離感に、胸が跳ねる。しかし、見上げればよく見る仏頂面があった。

ふだんと変わらない表情。

ミレイナはホッと息を吐いた。

『推しとのデートごっこ』という特別なシチュエーションに、ミレイナ自身が緊張していたようだ。しかし、セドリックからすれば、好奇心を満たすための行為にすぎない。

（ここは年上の威厳を見せるためにも、しっかりリードしなくちゃ！）

ミレイナはセドリックの手を取ると、笑みを浮かべて見上げた。

「本当に素敵な場所なの。きっと、殿下も気に入ると思うわ」

ミレイナは数少ない情報の中から、王都の端にある湖へと向かった。

◇◆◇

目的地の場所は馬車で四十分。景色を見ていればあっという間だ。

セドリックとはいつも王子宮で会っていた。一緒に馬車に乗るのは初めてだったが、向かいに座るという点では変わらない。

彼は本の代わりに窓の外の景色をつまらなさそうに眺めていた。

その綺麗な横顔を眺めているだけで、心まで満たされていく。

景色が変わるたびに左右に揺れる瞳。

王子宮では見ることのできない景色がたくさんあるのだろう。

ミレイナは馬車を降りると、遠くを指差した。

「殿下、見て。牛がいるわ」

都心から離れるにつれて、ふだんは見ないものが見える。ミレイナは、牧草を食べる牛を差して弾んだ声で言った。

エモンスキー公爵家に馬はいるが牛はいない。

いつも見ない景色や動物を見るとワクワクするのは、ミレイナも一緒だ。

セドリックはつまらなさそうに牛を一瞥すると、ミレイナに視線を戻した。

「なあ、ずっと『殿下』って呼ぶつもりか？」

セドリックの言葉の意図がわからず、ミレイナは首を傾げた。殿下は殿下だ。

見慣れない金の髪が、太陽の光を浴びてキラキラと光っている。

セドリックは痺れを切らしたように口を開く。

「ミレイナが僕のことをそんな風に呼んだら、変装した意味がないだろ？」

「本当だわ……！　わたくしったらうっかり」

店も貴族を相手にするのは慣れていても、王族となると話は別だろう。

店員が極度に緊張してしまってはセドリックも楽しめないはず。そう思って変装を提案したのに、ミレイナが『殿下』と呼んでいては意味がない。『殿下』と呼ばれる身分の人間は、この国に数名しかいないのだ。

「なんと呼んだらいいのかしら？　『坊ちゃん』？」

セドリックはあからさまに嫌な顔をした。最近、彼は子ども扱いされるのを嫌がる。

「そんな目で見ないで。なら、『若様』はいかが？」

我ながらいい案だと思ったのだが、セドリックの表情は変わらなかった。

「……セドリックでいい」

「名前を呼ぶなんて不敬だわ」

「今更、不敬も何もないだろ」

「そうかもしれないけれど……」

敬称もつけずに名前を呼んだなんて知られたら、いつもミレイナに甘い両親だって怒るに違いない。

(この年で怒られるのはいやよ)

もう二十三歳。分別のわかる大人だ。子どものように叱られる年ではない。

「これは勉強だろう?」

「そう、なのかしら?」

確かに教えるとは言ったけれど、デートとは勉強するようなことではないと思うのだが。こういうときのセドリックは頑固だ。

「勉強なら不敬にはあたらない。そうじゃないと正しいことは教えられないだろ? そう思わないか? ミレイナ先生」

「そうやって都合のいいときだけ先生って呼ぶんだから……」

ミレイナは小さくため息を吐く。

「ほら、呼んでよ。セドリックって」

「人前だけでいいでしょう?」

「ミレイナは抜けているところがあるから、今から練習しておいたほうがいい。ほら。誰にも言わないから」

セドリックの眼差しが、期待に満ちていた。

前世ではセドリックのことは「セドリック」と呼んでいた。だから、呼び慣れていないわけではない。けれど、面と向かって名前を呼ぶとなると話は別だ。

「……リック」

「小さくて聞こえなかった。もう一回」

「意地悪なんだから……」

意識的に呼び方を変えるというのは、これほどに恥ずかしいものなのだろうか。今まで、みんなの真似をして、当たり前のように「殿下」と呼んでいた。

八年間貫いてきた呼び方を一日とは言え変えるのは、やはり気恥ずかしいものだ。

「セドリック……」

どうにか名前を呼ぶ。蚊の鳴くような声ではあったが。

次はしっかりとセドリックの耳にも入ったようで、彼は満面の笑みで笑った。

「合格」

ただ名前を呼んだだけなのに、彼は嬉しそうだ。

「絶対に秘密よ。お兄様にも言っちゃだめよ？」

「もちろん。だからもっと呼んで」

「そんなにたくさんは無理よ」

「一回も二回も変わらないじゃないか」

何度呼んでも恥ずかしいのは変わらない。つまり、呼べば呼ぶほど恥ずかしさが山のように積もっていくというものだ。

「ほら！　目的地はあっち！　早く行きましょう！」

ミレイナはセドリックに背を向けると、湖に向かって歩き出した。


王都の中心から馬車で四十分。簡単に行けるため、王都で暮らす貴族たちからは人気の場所だ。気軽に息抜きができるとあって、貴族向けの高級ホテルの他にもレストランやドレスサロンなどバカンスを意識した店が多い。

その中でも、オープン当初から人気を博しているのが湖畔を眺めることができるカフェだ。有名なデートスポットとして何度も取り上げられているのだとか。

貴族や平民の中で富裕層向けの店になっている。

ミレイナは一度だけ来たことがあった。――兄と一緒に。

本来なら兄夫婦が訪れる予定だった場所だ。義姉が子を身ごもり、つわりがひどくて行けないが予約を流すのはもったいないと嘆いているところ、ミレイナに白羽の矢が立った。

「ここのカフェはね、湖畔が一望できると人気なのよ。お席もプライベートルームみたいになっているの。きっと窓際の席で読書をしたら気持ちがいいわ」

読書が好きなセドリックも楽しめると思う。

彼と会うときは、いつも本を読んでいる。常に手元には本があったし、机の上には数冊積みあがっているのだ。

ふだんと違う場所で読書をすると気持ちがいいと聞いたことがある。ミレイナはこの店のスイーツが好きなので、お互いに退屈することはないだろう。

セドリックのエスコートを受けながら、ミレイナはカフェの中へと入っていった。

「お美しいお二人に最高の場所を用意させていただきました」

店員はすらすらと世辞を言うと、席へと案内する。窓の外は湖畔が広がっていた。並んで座れる二人掛けのソファと観葉植物の数々。

数年前に兄と来たときよりも温かみのある雰囲気になっている。

「ここのケーキはね、お花をモチーフにしているの。どれもとってもかわいいのよ」

「へぇ」

「殿……セドリックは、スイーツはあまり食べないからいらないかしら」

「飲み物だけでいい」

「フルーツティーがあるはずだから、それを頼みましょう。さっぱりしていておいしいの」

メニューを見ると、新しい商品も増えている。ミレイナはあれも食べたい、これも食べたいと頭を悩ませた。

ほとんど屋敷にいるかセドリックのところかの二択なせいで、カフェはご無沙汰だったのだ。

「やけに詳しいな」

「だって、二回目だもの」

並んで座っているせいで、セドリックの肩とぶつかる。二人がけの柔らかいソファだから、二人の身体の重心がソファの真ん中に集まるせいだろう。

「……誰と？」

「誰とって……」

ミレイナは目を瞬かせる。

「こんなところまで一緒に来るんだから、仲がいいんだろう？　僕の知らない人？」

「もしかして、また怒っているの？」

紫の瞳が不機嫌そうに揺れている。

「……怒ってはいない」

「あ、もしかして、誘わなかったから不貞腐れているのね！」

ミレイナの交友関係は広くない。それはセドリックの知るところでもある。数えるほどしかいない上、遠出するとなると家族くらいのものだ。セドリックは兄とも面識があるから、きっとのけ者にされたと思ったのだろう。

やはり十八歳になったとはいえ、まだまだ子どものようなところがある。

「違う」

セドリックは不機嫌そうにそっぽを向いた。思わず彼の頭を撫でる。

染め粉を使って金色に変わっても、サラサラなところは変わらない。

彼が不機嫌になっているところ悪いが、ミレイナと同じ髪色であるせいか本物の弟ができたようでなんだか楽しかった。

「もう四年も前の話よ。お兄様と来たの」

「ウォーレンと？　本当に？」

「ええ。本人に確認してもらっても構わないわよ」

兄自身、カフェというものに興味がないから、覚えているかどうかは怪しい。しかし、義姉のつわりの話をすれば、思い出すだろう。

「ウォーレンがこんなところを好むなんて意外だな」

セドリックは怪訝そうな顔をした。その反応も仕方ない。

ミレイナの兄、ウォーレン・エモンスキーはどちらかというとガサツなタイプだ。洒落たカフェとは無縁で、ほとんどの人生を剣に捧げてきた。

「お兄様にだって可愛いところはあるのよ」

まだ結婚したばかりの妻のためにこのカフェを見つけ出す純情さはあるのだ。妻の前では気弱になるなど、セドリックも知らないだろう。

「お義姉様がつわりで行けなくなって、代わりにわたくしがお兄様と一緒に行ったの」

ミレイナは思い出しながら笑った。まだ義姉のおめでたがわかってすぐのことで、屋敷の中はお祭り騒ぎ。そんな中、せっかくの予約がもったいないからと義姉にせっつかれ、兄妹で来たのだ。

「お兄様ったら、お義姉様が心配でずーっとそわそわしていて、カフェを楽しむどころじゃなかったのよ」

ミレイナが『お兄様だけでも帰っていいのよ』と言っても、『そんなことをしたら妻に怒られる』と言って提案を却下され、『なら早く帰りましょう』と言っても『早く帰ったらあいつが気に病むかもしれない』と言うのだ。

「そんなに心配なら僕が代わりに行ったのに」

「本当にそのとおりよね。セドリックを連れてくればよかったわ」

兄と行くよりも何十倍も楽しかっただろう。

会話こそ少ないが、セドリックが本を読んでいる側で彼の顔を眺めながらスイーツを堪能するひと時は格別なのだ。

彼は年々美しく成長している。あまりの神々しさに直視するのすら難しいと思うほど。

甘いケーキと濃い紅茶。すぐ隣には前世からの推し。これほどの幸せがあるだろうか。

ミレイナはケーキを口に運びながら、にんまりと笑った。

「一口ちょうだい」

「どうして？　甘いものは苦手でしょう？」

「ミレイナがあまりにも美味しそうに食べるからさ」

セドリックはそう言うと、フォークに載ったケーキをパクリと食べてしまった。

「甘い……」

セドリックは眉根を寄せる。

「だから言ったじゃない」

「いつもよりニヤニヤしてるから騙された」

「それは……」

(金髪美少年の推しを堪能してたから……)

などと言えば、変態だとバレてしまう。そうなったら、近くでこの御尊顔を拝めなくなる可能性もあるのだ。

「セドリックは甘いものが苦手だから、何を食べても一緒に感じるのよ」

「ふーん、そんなものか」

クッキーの一枚も完食できないセドリックが、それ以上に甘いケーキを美味しいと思うはずがない。

ミレイナは、ケーキの消えたフォークをまじまじと見つめた。

「もうわたくしの食べかけを食べてはだめよ。こんなことをしたと知られたら『はしたない』って怒られてしまうわ」

「いいだろ?　ここには僕と君しかいないんだからさ」

「そうかもしれないけれど、どこに目があるかわからないわ」

セドリックは王子で、ミレイナは貴族の令嬢だ。誰がどこで二人のことを見ているかなどわからない。

一応、先生としてセドリックの側にいるのだ。外聞が悪くなるようなことはきちんと注意しなければならないだろう。

「味が気になるのであれば、もう一つ頼めばいいのよ」

「でも、ここに『デートでは一つの料理を二人で分け合うと距離が縮まる』って書いてある」

セドリックは一冊の本を広げて言った。

ミレイナは彼が指し示した箇所を視線でなぞる。

確かに書いてあった。

「これは……なんの本なの？」

「デートの本。予習は大事だろ？」

セドリックは得意げに笑う。ミレイナは顔を引きつらせた。

ちらっと表紙を見れば、『デートの基本　初級』と大きな文字で書いてある。初級ということは中級や上級があるのだろうか。

読書家でもある彼は、昔から気になったことはすべて本で調べていた。彼曰く、『人に聞くよりも早く、確実で煩わしさもない』ところがいいそうだ。

そんな彼が何も調べずにデートを決行するはずがなかった。

他のページの内容も見てみたいような、見てみたくないような複雑な気持ちだ。

ミレイナは好奇心に負けて、本を捲った。デートの誘い方から、場所選び、シチュエーション別の対応方法など、その内容は多岐にわたる。

（ただ、これは王族が読むものではないと思うの）

読むべき本を身分で決めるべきではないと思うのだが、本の内容に従って行動したらスキャンダルになりそうなことばかりだ。

そして、この本の内容をすべて試されてしまっては、ミレイナの心臓が持たない。

セドリックからしてみれば、ただの好奇心なのだろう。本に書いてあることを実践するだけ。しかし、好みの顔でそんなことをされてドキドキしないわけがない。

この本の知識はヒロインとの本物の恋が始まってから使えばいいと思う。ミレイナは本を閉じると、そのまま腕に抱えた。

「こういうことは、本を頼ってはいけないと思うわ」

「なぜ？」

「相手があるものだからよ。お互いの年齢や関係性で変わるでしょう？　マニュアルどおりの行動が、相手を傷つけることだってあるわ」

「ミレイナはさっきの、いやだった？」

顔を覗き込まれてミレイナは思わず後ずさった。

昨日からセドリックの距離が近い。彼の目的は明白だ。

ミレイナを結婚相手とすること。そのために、口説くこと。

この八年、ミレイナはセドリックの一番近くにいたと自負している。彼は人間に興味がない。恋愛などもってのほかというタイプだ。原作小説でもしっかりと恋愛下手に描かれていた。

面倒な恋愛をせずに結婚まで済ませてしまおうと思っているに違いない。

(こういうときは先生として、しっかり教えてあげないと！)

「いやではないけれど……。でも、とても驚いたわ。こういうのは、もっと仲のいい恋人同士が実践することだと思うの」

本物の姉弟であれば、この程度のことはあるのかもしれない。けれど、セドリックとミレイナはあくまで他人で、しかも身分も違う。

この本の常識を照らし合わせるのは難しい。

「本物の恋人同士か……。じゃあ、この本の内容を試すのはまだ我慢しておく」

セドリックはミレイナが抱いている本を引き抜くと、テーブルの上に置いた。

素直に従った彼に、ミレイナはホッと胸を撫で下ろす。

安心したのも束の間、彼はミレイナの顔を覗き込んだ。

「じゃあさ、まだ、本物の恋人じゃない僕たちは、デートで何をすればいいわけ？」

「考えていなかったわ。セドリックは読書が好きだから、いつもとは違う場所で本を読んだら新鮮かなと思ったの」

「で、ミレイナはケーキを食べる？　……それって、場所が違うだけでいつもどおりじゃないか」

「いいじゃない。場所が違うだけで特別感があるもの」

いつもセドリックと会う部屋は、天井まで届く本棚にびっしりと本が並べられた場所だ。ソファとテーブルはあるけれど、他は何もない。

父の書斎よりも整然としているのだ。

八年も通うと、父の書斎が整理されていないだけのようにも感じるけれど。

無機質な書庫のような部屋とは反対に、このカフェは自然に囲まれている。

場所や服装が違うだけで、非日常の中にいるようで気持ちが弾む。いつもと同じことをしていたとしても、特別な日に変わるのだ。

「ふーん」

セドリックは納得がいっていない様子だった。

「結局いつもどおりのことしかしてないのに、ミレイナは楽しい？」

「わたくしはセドリックとの時間が大好きよ。本を読んでいる側でスイーツを楽しむ。それだけで幸せになれるの。その上、お気に入りの場所に来られたんだもの。楽しくないわけないわ」

ミレイナはケーキを口に入れた。砂糖の甘みがじわりと口に広がる。花をモチーフにしたケーキは食べるのがもったいないほど可愛らしい。

しかも、隣には推しのセドリックがいつもとは違う格好を披露してくれている。つまらなくなる要素が一つもないではないか。

セドリックはまだ納得できないのか、「そう」と短く言うと、そっぽを向いた。

（きっと、殿下にもわかる日が来るわ）

シェリーと出会い、彼女を愛したときにミレイナの言葉の意味を理解するはずだ。推しとならどこにいても楽しいように、愛する恋人と一緒ならどこだって幸せだろう。

「……でも、いいのかしら？」

「なにが？」

「もう一時間以上経っているわ。一日一時間の約束でしょう？」

一日一時間という約束を、ミレイナはしっかり八年間守ってきた。どんなに名残惜しくても、話し足りなくても、その一日のわがままで彼の友人の座を捨てることにだってなり得るからだ。

それくらい原作のセドリックは、他人との関わり合いを嫌うタイプだった。

「別に、一時間って言い出したのはミレイナだろ。僕は強要したことはない」

「そうだったかしら？」

八年も前になると記憶が曖昧だ。

セドリックは小さくため息を吐くと、本を手に取った。

次はデートには関係のない本のようで安心する。

（変な知識をたくさんつけたらヒロインが原作よりももっと振り回されそうだもの）

ミレイナはセドリックの横顔を見上げた。

いつの間にか抜かされていた身長。広くなった肩幅。彼はあと半年もしたら社交デビューする。

社交場に出れば、何歳でも大人として扱われるのだ。

それは、ミレイナが教師の任を解かれることを意味していた。

（あとどのくらい側で見守っていられるかしら？）

ミレイナはふわりと欠伸をした。

昨日は苦手な夜会で大勢の人の中を泳ぎ、そしてダンスまで踊った。ふだんしないことをしたせいか、疲れが溜まっているのだろう。

その上、セドリックのせいで眠ることができなかった。

セドリックに当たっている左側が妙に温かくて、ミレイナはうつらうつらと微睡んだ。

第三話　セドリックの最初で最後の恋

セドリックは眠ったままのミレイナを抱き上げ、馬車を降りる。

カフェで眠りこけた彼女は、少し声を掛けたくらいでは起きなかった。カフェから馬車に移動した際も、馬車の揺れの中でもあどけない寝顔を見せたままだ。

はじめは寝ているふりでもしてセドリックを困らせているのかと思ったが、どうやら本気で眠っているようだった。

安心しきっているのか、無防備な寝顔でセドリックに身体を預ける。そんな姿すらいとおしく感じ、彼女が起きないように馬車をゆっくり走らせた。

行きに四十分かかった道のりを、一時間以上かけさせたのはこの寝顔を長く堪能したかったからかもしれない。

「ミレイナ様は、お疲れでいらっしゃったようですね」

「疲れているなら言えばいいのに」

「殿下が無理に押しかけたからでしょうに」

幼いころから従者として側にいるテオは、苦笑をもらす。

金に近い茶色の長い髪を後ろで束ね丸眼鏡を掛けたテオは、傍からみれば力の弱い文官だが、士官学校の優等生だ。剣の腕が立つ。

そして、彼はいつも王子であるセドリックにも物怖じせずなんでも言ってくるのだ。そういうところが気に入って、追い出さずにいる。

セドリックはミレイナの寝顔を見下ろした。

疲れているならそう言ってくれれば、別日にしたというのに。

夜会の次の日に、ミレイナをデートに誘ったのは失敗だった。

しかし、ミレイナの予定を確認しているあいだに、またアンドリュー・フレソンのような男がミレイナをかっさらってしまうのではないかと思うと怖かったのだ。

彼女は警戒心がなく、無防備すぎる。

ミレイナを狙う狼がどれほど多いか、彼女は知らない。

「せっかく一晩かけた準備も、ほとんど無駄になりましたね」

テオが苦笑を浮かべながら、店の名前を指折り数える。

セドリックはミレイナとのデートのため、王都中のカフェやブティックを予約していた。彼女がどんな店に行きたいと言っても対応できるように。そして、スマートな男は予約をするものだと本にも記載があったからだ。

「ミレイナが楽しんでいたから無駄じゃない」

まさか、一番遠いカフェを選択するとは思わなかったが。結局、他に目星をつけていた店には寄れなかったが問題ない。

「予約のことは絶対に言うなよ」

「かしこまりました」

テオは肩を揺らしながら、頭を深く下げた。

エモンスキーの屋敷の中から、数名の使用人が出てくる。

一番に出てきたのは、ミレイナの側によくいるアンジーという侍女だ。癖のある肩まで届かない茶色の髪。何度か、ミレイナの荷物持ちとして一緒に王宮に来ているのを見たことがあった。

ミレイナの話の中にもアンジーという名前はよく出てくる。

気が利いて明るい性格だと。

「ミレイナを部屋に連れていくから案内して」

「いいえ、殿下のお手を煩わせるわけにはいきません。今、人を呼んでおりますので……」

「いや、いい。僕が運ぶ」

使用人といっても他人だ。ミレイナの家族ならまだしも、他人にミレイナを抱かせるなんてことを、許すつもりはない。

セドリックが大股で歩くと、アンジーが慌てて追いかけてきた。

眠っているミレイナを起こしてもよかったが、彼女の部屋がどんな風なのか興味が湧いたのだ。

ミレイナの部屋は公爵家の三階。庭園が一望できる場所だと聞いたことがある。窓を開けると花の香りでいっぱいになるのだとか。

アンジーが扉を開けると、ふわりと花の香りに包みこまれた。

ミレイナからうっすらと感じる香りに似ている。

まるで彼女に包み込まれたような感覚にくらくらした。

◇◆◇

ミレイナ・エモンスキーがセドリックの心の中に入り込んだのはいつだったのか。

正確な日付は覚えていない。

彼女はいつの間にか溶け込み、セドリックの心の奥の奥まで入り込んでいた。

最初にミレイナと会ったのは、母の顔を立てるためだった。

エモンスキー公爵家は貴族の中でも力のある家門で、母は『エモンスキー家のお嬢さんと繋ぎを作っておくことは、悪いことではないわ』と言った。

あのころの母は、セドリックの後ろ盾を作ろうと必死だったように思う。

母は王妃とはいえ後妻で、元の身分はあまり高くなかった。母の実家がセドリックの後ろ盾になるには少しばかり心細い。

前妻の子が三人もいる中、実の息子の後ろ盾がほとんどないことが心配だったのだろう。

エモンスキー公爵家と仲よくしておけば、将来の役に立つと考えていたのは明らかだった。

ミレイナと初めて会ったとき、美人だとは思ったがそれ以上の感想はなかった。

彼女から泣き落としをされたときは、母の顔が浮かんだ。追い出して、この顔で母に泣きつかれたら面倒なことになると思い、彼女の提案である『一日一時間』を受け入れた。

その日から、ミレイナは毎日一日一時間、同じ部屋で過ごして帰っていく。

教師だと言ったが、何か教えられたことはない。最初のうちは、ただにこにこと笑って、セドリックを見つめているだけだった。おそらく、緊張していたのだろう。

数日経ち、彼女が慣れたころ、他愛のない話を彼女が一方的にするようになった。

「昨日はお兄様の婚約者にお会いしたのよ。とてもシャキシャキした方で安心したわ」

「へぇ」

「王太子殿下も先月婚約なさったでしょう？　殿下はお会いしたことがある？」

「いや」

「まだですのね。お会いしたらどんな方か教えてくださる？」

「気が向いたら」

どんなにセドリックが素っ気ない態度をとっても、ミレイナは嫌な顔一つしなかった。母ですら、「可愛げのない子」とため息をつくというのに。

彼女のいる時間、セドリックは大抵本を読むことにしている。本を読んでいればそこまでたくさん声はかけられない。ふとしたときに視線が合う程度だった。

彼女はいつもセドリックを眺めながらお菓子を食べているだけだ。時折一緒に本を読むこともあったが、ほとんどページはめくられていなかったから、おそらく読んではいなかったのだろう。

どんなにつれない態度で接しても、彼女は文句一つ言わずニコニコと笑ってセドリックを見つめるのだ。それの何が楽しいのかはわからなかった。

一つだけ評価できることがあるとすれば、彼女はけっしてわがままを言わないことだ。

一時間という決められた時間だけを消費し、屋敷に戻っていく。

今まで何人か友人候補を連れてこられたことはあったが、大抵が「外で遊ぼう」と無理やり腕を引っ張るなど、野蛮な者が多かった。

だから、ミレイナであれば友人として認めていいとすら思ったのだ。

しかし、それは突然やって来た。

毎日来ていたミレイナが突然来なくなったのだ。


次の日も、その次の日も彼女は来なかった。

元々約束はしていない。だから、来なくても問題はなかった。

最初のころはミレイナが「明日も来ていいですか？」と聞いてきて、セドリックが「好きにしたら」と答えていたのだ。しかし、毎日聞かれることに億劫になり「許可を取らなくても来たいときは来ればいいし、来たくないときは来なくていい」と言ってしまった。

そう言ってからも、彼女はいつも同じ時間にやってきて、一時間経つと帰るからそれが普通になっていたのだと思う。

「殿下、心配でしたら確認の手紙を送りましょうか？」

まるで、セドリックがミレイナを気にかけているようなテオの言い草に、セドリックは頭を横に振った。

気になっているのは、ミレイナのことではない。

彼女が来ないことで無駄になる菓子のことだ。セドリックに菓子を食べる趣味はないから、ただ捨てるだけになってしまう。それが心配なのだ。

「いや、いい。どうせ飽きたんだろ」

来ないならば、そう言えばいい。そうすれば、忙しい王宮のパティシエの仕事が一つ減る。

セドリックが「もう作らなくていい」と言えば、それで済む。

しかし、彼女がもし来て、お菓子の一つも用意できなかったら、王宮のイメージが悪くなると思ったのだ。

「何か事情があるのかもしれませんよ？　ウォーレン殿に会ったときにそれとなく聞いてみましょうか」

「そこまでする必要はない」

そんなことをすれば、セドリックがミレイナを気にしているようではないか。

ただ、毎日来ていたのに、突然来なくなったから調子が狂っているだけだ。数日経てば、すぐに忘れてしまうような存在である。

「こっちのほうが静かでいい」

セドリックは本を一冊選ぶと、どかりとソファに腰掛けた。

「殿下、今日はこちらで読書されますか？」

「ああ」

従者の質問に短く答える。

この部屋はセドリックの書庫のような場所だ。増えていく本を置いておくための場所であり、最近はミレイナを迎える場所にもなっていた。

ふだんはこの部屋を使っていない。ミレイナが来ているあいだ、本を読むからここにしたというだけで選んだ場所だから。

彼女が来てからソファやテーブルが増やされた。換気も定期的に行われ、いつの間にかどこよりも居心地がいい空間ができあがっていたのだ。

空いた一人掛けのソファを見る。いつもセドリックが座る席の向かいに置いた一人掛けのソファに彼女は座り、王宮のスイーツを楽しむ。

『ねえ、殿下。なんの本を読んでいるの？』

彼女は何の気なしに聞くことがある。タイトルを答えても、内容を答えても理解はできていない様子だった。

『十歳ってもっと冒険小説とか、読んでいるものだと思っていたわ』

『そんなものを読んで何になるんだよ』

『ワクワクするのよ。この前、お兄様の蔵書を読ませてもらったけれど、色々な場所に冒険に行くの。このお部屋には同じ本がなさそうだから、今度お持ちしますね』

『必要ない』

セドリックは断ったのに、ミレイナは次の日にはその本を部屋のテーブルに積み上げたのだ。

『いらないって言ったのに』

『あらあら。わたくしったら。でも、もしかしたら読みたくなるかもしれないでしょう?』

そう言いながら置いていった五冊の本は、今もテーブルの上に積み重なっている。一度も手をつけていないのに、彼女は持って帰る素振りも見せなかった。

ミレイナは来なくなり、彼女の本だけが残った。

この部屋にあるのは歴史書などの王族に必要な教養を身に付けるための本だけだ。こんな冒険小説はこの部屋にはそぐわない。

(そうだ。さっさと読んで返せばいい)

返すときに文句の一つや二つでも言ってやろう。

そう言い聞かせ、セドリックは五冊の本を読み始めたのだ。

◇◆◇

ミレイナが王宮にひょっこりと顔を出したのは、ちょうど五冊目に差し掛かったときだ。

「あら殿下、お会いしないうちに少し髪が伸びましたか?」

まるで季節の挨拶でもするかのように、悪びれもなく自然だった。だから、セドリックはこの数日で溜めてきたミレイナへの文句が吹っ飛んでしまった。

「……十日で髪の毛がそんなに伸びるわけがないだろ」

「そうですわよね。わたくしったら」

ミレイナは恥ずかしそうに笑った。

「なんで、今更来たんだ？」

「あら、いけませんでしたか？」

「……ダメとは言っていない」

「よかった。もう忘れられていないか、心配しておりましたの」

「あと一日来なかったら、忘れていたかもな」

「まあ！　では神様に感謝しなければなりませんわね」

ミレイナは胸の前で手を組んで目を瞑った。神に感謝の言葉でも上げ連ねているのだろうか。いつだって、ミレイナの調子に振り回される。彼女の独特の雰囲気がそうさせるのかはわからない。ただ、彼女が笑っていると、文句の一つを言うのも無粋だと感じるときがある。

「風邪を拗らせて十日もお部屋から出してもらえないなんて、思いもしませんでした」

「風邪？」

「はい。最近はやっているようですので、殿下もお気をつけくださいね。うがいと手洗いが予防になりますからね」

まるで幼い子を相手にするように、彼女はわざと屈んで視線を合わせ、セドリックの目を覗き込んだ。澄んだ綺麗な青い瞳を直視できず、セドリックは目をそらす。

「子ども扱いするな」

「あら、そんなつもりはなかったのですが」

「うがいと手洗いくらい当たり前にやるだろ」

「まあ！　殿下はしっかりなさっているのね。お兄様なんて、帰ってきても手を洗おうなんてしないのよ」

ミレイナはセドリックの頭を撫でた。カッと頬に熱が上がる。最近は母にだって撫でられることはなくなったというのに。

「こ、子ども扱いするなって言っているだろ？」

「いいではありませんか。大人になっても頭を撫でられると嬉しいものですよ？」

「嘘だ」

「では、大人になったら試してみましょう？　ね？」

まるでその日まで一緒にいるような言い方だ。

彼女はきっとそのときまでセドリックの側にはいない。だから、大人になったセドリックの頭を撫でることもないだろう。

「試せるなら試してみろ」

「ええ。でも、そのときはわたくしよりもうーんと背が伸びているはずですから、屈んでくださいね」

ミレイナは鈴が転がるような声で笑った。

教師の任は、どんなに長くても社交界にデビューし、大人だと認められるまで。大人になれば、彼女はセドリックの下を去って行く。

守るつもりのない約束に、一々目くじらを立てるつもりはなかった。

「……次、風邪を引いたときには王宮に来い」

ミレイナは不思議そうに首を傾げた。

「王宮の医師なら十日もかからない」

「お父様が『いいよ』と言ってくださったら、押しかけちゃおうかしら？」

エモンスキー公爵の許可など必要はない。セドリックに与えられたこの王子宮は、セドリックが許可さえすれば立ち入ることが許されるのだ。

ミレイナがここに来れば十日間ヤキモキする必要がないと、セドリックは思った。

◇◆◇

セドリックが十歳のときに出会ってから、二年の月日が流れたころ。

二人の関係に変化はなかった。少し、セドリックの身長がミレイナに近づいたくらいだろうか。

一日一時間。それが二年、時間にして七百三十時間を一緒に過ごしただけ。

彼女は溶け込むのがうまいようで、王子宮に仕える数少ない使用人と、セドリックよりも仲よくなったようだ。

王子宮の入り口からセドリックの待つ部屋まで、使用人が案内をする。そのあいだ、彼女は使用人と楽しげに話をしていた。

その時間も一時間の中に含まれていると思うと、どうしようもない怒りがこみ上げてくるときがある。そんなことを言えば、ミレイナに子ども扱いされるのは間違いないので、言うことはできなかった。

「はあ……」

「さっきからうるさいんだけど」

ミレイナの何度目かのため息で、セドリックは本を閉じた。彼女の眉尻は弱々しく下がっており元気がない。

「社交デビューの日が近づいてきたじゃない？　憂鬱で仕方ないの」

「別にただドレス着て挨拶するだけだろ？」

貴族の家に生まれれば、いつかは通る道だ。たとえ、ミレイナが人見知りだとしてもこればかりは仕方ない。

こういうとき、五歳という年の差をもどかしいと思った。社交デビューが許されるのは早くて十五歳。そして、王都に住む貴族の子は十八歳までには社交デビューを済ませてしまう。

それ以上遅くなれば病気や他の問題を疑われる。

セドリックが社交デビューできるのは最低でも三年後で、そこまで彼女を引き留めることは難しかった。

どんなに勉強ができても意味はない。国政に関わろうと、まだ十二歳という年齢では子どもだと見られてしまうのだ。

「さっと行ってさっと帰ってくればいい」

「そう簡単でもないのよ。どの世界でも新人って肩身が狭いものなの」

「エモンスキー公爵家の令嬢が肩身の狭い思いをするわけあるか」

エモンスキー公爵家に逆らえる家などほとんどないというのに、何を怖がる必要があるのか。家の名前に胡坐でもかいて大きい顔をしておけばいい。

それが許される数少ない令嬢であることを、彼女は理解していなかった。なぜ彼女はいつも自分を卑下するのだろうか。

特別なものなど何も持っていないとでも言うかの如く。

誰にも劣らない素晴らしい家柄と、母親譲りの美しい顔立ち。飾らない人柄。

まだ社交デビュー前だというのに、ミレイナの評判を耳にするようになった。

「はぁ……。ずっとここにだけいられればいいのに」

「いたいならいればいい。匿ってやる」

「ふふ……。殿下が社交デビューするまでここに匿ってくださる？」

「三年くらいなら隠してやってもいい」

そして、セドリックと一緒に社交デビューすればいい。

そうすれば、社交場で変な虫を払うことができる。

「ありがとう。殿下のおかげで気が楽になったわ」

ミレイナは笑みを浮かべた。

彼女は冗談に取ったようだが、本当に三年くらいならセドリックが住まう王子宮で匿うことくらいできる。

セドリックが側で守れるようになるまで、誰の目にも届かない場所に隠してしまえたらどんなにいいだろうか。

ミレイナはエモンスキー公爵家の令嬢だ。エモンスキー家にはウォーレンとミレイナの二人しかいない。公爵家と繋ぎを作るには、結婚が一番手っ取り早い方法と言えよう。

彼女には婚約者がいない。公爵夫妻は縁談をすべて跳ねのけ、『結婚相手は本人に任せるつもりだ』と言って回っているようだ。

社交デビューしたら、選ばれたい男たちがたくさん現れるだろう。

「やっぱり、ミレイナは社交デビューなんかやめたほうがいい」

「まあ、どうして？」

「運動が苦手だろ？　ダンスをしたら人を怪我させる可能性がある」

「それは……そうかもしれないわ。練習に付き合ってくれたお兄様の脛がね、真っ青なの」

ダンスの練習のせいで筋肉痛だと愚痴をこぼしていた時期があった。いつもおしゃべりなミレイナが、ダンスの練習の話題だけは避けているようだったから、よほど苦手なのだろう。

「なら、ファーストダンスだけやって逃げてくれば？」

デビュタントのファーストダンスは婚約者がいない場合、親や兄弟、親族が担う。

ならば練習相手になったウォーレンが有力だろう。

「そんなことをしていいのかしら？　ダンスや礼儀作法の先生から『たくさんの人と踊りなさい』って言われたのよ」

「ミレイナの体力じゃせいぜい一人か二人だろ？」

「今はもう少し体力がついたはずよ」

三曲なら……と、ミレイナは小さく言った。二曲が三曲に増えたところで何も変わらないと思うのだが。

どうやったら彼女が他の男とダンスをするのを止められるのだろうか。まだ社交場に出ることも許されない身でできることなどあるのだろうか。

きっとドレスを着て、夜会に参加する彼女は今以上に綺麗なのだろう。

ミレイナの社交デビューが決まってから、彼女は忙しそうにしていた。それでも、セドリックの下に訪れることはやめない。「無理してくる必要はない」と言った口で、「明日も来るのか？」と聞いて。

デビュタントの準備は多岐にわたるようで、眠る時間も惜しんでいるようだ。セドリックの横でいつもニコニコ笑っているだけだったミレイナが、真剣に貴族名簿を読みこんでいるのは不思議な光景だった。

◇◆◇

ミレイナの社交デビュー当日。

セドリックは熱を出した。

デビュタントであるミレイナは朝から準備に追われているはずなのに、いつもと同じ時間にセドリックに会いに来たらしい。

テオに言って追い返してもらった。こんな大切な日に、セドリックに会いにくる余裕なんてあるはずがない。ミレイナはそこまで器用な人間ではなかった。

きっと、無理に時間を作って来たのだろう。それなのに、風邪をうつしてしまったら目もあてられない。セドリックですら辛《つら》い熱なのだ。体力のないミレイナであればもっと苦しむだろう。

吐く息の熱さに耐えながら、セドリックは眠りについた。


その後どのくらい眠っていたのかはわからない。

ひんやりと冷たい何かが額に載った感触で目が覚めた。

氷ほど冷たくはない。けれど、その柔らかな感覚が妙に優しくて心地よかった。

最初からこれを使ってくれればもっと楽に過ごせたのにと、心の中で悪態を吐きながらゆっくり目を開ける。

暗がりの中に浮かんだ金の髪。

ランプの灯りに照らされた姿は、まるで女神のようだった。

熱が見せる残像だろうか。

高熱を出すと、そういう現象が起きることがあると本で読んだことがあった。

「ミ、レイナ……」

思わず、ミレイナの名前を呼んだ。

今日は追い返したはずだというのに、彼女の名前しか思い浮かばなかった。

「目が覚めましたか？　辛いでしょう？　お医者様を呼んできますね」

離れて行く手を思わずつかむ。

「なんで……」

「わたくしの手って冷たいの。冷やしたタオルはすぐにぬるくなってしまったから……」

「そうじゃなくて、なんでここにいるんだよ……」

窓の外は真っ暗で、きっと夜会はすでに始まっている。こんなところで暇を潰している余裕はないはずだ。

今ごろ、エモンスキー公爵家の娘として、大人の仲間入りを果たしている時間ではないのか。

「安心してくださいね。夜会はちゃんと行ったのよ？　お兄様とダンスを踊ったら、思ったより暇になってしまったから、こっそり逃げてきたの」

悪戯を告白するような表情で、ミレイナは小さく舌を出した。

熱のせいだろうか。心音が強くなったような気がする。セドリックは、悟られないように小さく息を吐いた。

「本当にファーストダンスで逃げ出す奴がいるか」

「あら、殿下が助言してくれたのよ？　もし、怒られたら庇ってくれないと困るわ」

「……怒られそうになったら、僕のせいにすればいい」

実際、セドリックの看病をしに来たのだろう。

きっと、昼間テオに追い返されたときに聞いたのだ。テオは時々余計なことをすることがある。彼がもっとうまい理由でミレイナを追い返しさえしていれば、彼女は今ごろ夜会で多くの人と交流を広げていただろう。

まさか、こんな簡単な方法で彼女のダンスを阻止することができるとは思わなかった。

いつもとは違う華やかなドレス姿。むき出しの肩に華やかな装飾品。ランプの光に反射して、宝石が輝いている。

そんなに着飾らなくても、彼女は美しいのに。

どうしてだろうか。ミレイナがどこか遠くへ行ってしまうようなもどかしい感覚。

セドリックは彼女の腕を掴んだ。

「ひどい熱だわ。一人で辛かったでしょう?」

「ぜんぜん。このくらい平気だ」

「嘘。こういうときくらいお姉さんに甘えたっていいのよ」

「ミレイナのこと姉なんて思ったことは一度もない」

セドリックはミレイナに背を向けて丸くなった。腹違いの姉が一人いるが、彼女は常にセドリックに無関心だ。あんなのと同列なわけがない。

もっと、大切な。でも、それを表現するいい言葉は見つからない。

「風邪がうつるから、早く帰れ」

「だめよ。まだ二十分しか経っていないわ。あと四十分はいいでしょう?」

彼女はそう言いながら、二時間くらいセドリックの側にいたように思う。「早く帰れ」と言いながら、セドリックは彼女の声を、言葉を、存在を求めていた。

◇◆◇

セドリックはベッドの上にミレイナを下ろした。いまだ気持ちよさそうに眠っている。あどけない寝顔を見せられていると、少し苛立った。警戒すらされないくらいに安全だと思われているということだ。

子どものころはわからなかった感情も、今ならはっきりと理解できるようになった。

(閉じ込めておければ簡単なのに)

ミレイナは元々アクティブなほうではない。だから、セドリックが用意した箱の中に閉じ込めて、他の人に会えなくしてもそこまで不便は感じないのではないか。

そんなことをすれば、彼女から生涯嫌われてしまうことはわかるので、できるわけがない。

セドリックは彼女の身体がほしいわけではない。彼女のすべてを求めているのだ。

笑顔も、視線も、彼女の心もすべて独占したい。

実際、セドリックは社交デビューを遅らせるという形で、彼女を長くセドリックの下に引き留めている。

ミレイナの教師の任期は正確には決まっていない。しかし、大きな理由がなければ、社交デビューを終えると卒業という形を取るのだという。

セドリックが社交デビューし大人と認められてしまえば、ミレイナの教師の任は解かれてしまう可能性が高い。そうなれば、彼女をセドリックの下に来させる口実がなくなってしまう。

この数年でセドリックは、少しずつ外堀を埋めてきた。あとは彼女の『弟』という枠から外れさえすればいいと思っていたのだ。

しかし、彼女は突然セドリックの下から逃げだそうとしている。

「なんでミレイナは最近、婚活なんて始めようと思ったんだ？　知ってる？」

アンジーに問うと、彼女は困ったように眉尻を落とした。

「私もはっきりとはわかりません。ですが、お嬢様は殿下には運命の相手が現れると信じているようです」

「運命って……」

運命があるとしたら、ミレイナ自身だとは思わないのだろうか。セドリックにとって、これが最初で最後の恋だというのに。

元より社交デビューを果たしたら結婚を申し込む予定だった。そもそも、セドリックとミレイナは婚約者同然の関係ではないか。

でなければ毎日会うわけがない。ただ正式な書面で約束を交わしていないだけ。その必要もないほどの仲だと信じて止まなかった。

ミレイナはずっとセドリックの隣にいると疑わなかったのだ。

（君は僕の何が不満なわけ？）

つり合わない。彼女はそう言っていたが、納得がいかなかった。
セドリックはミレイナの頬をつまむ。
彼女はわずかに眉根を寄せただけで、目を覚まさない。
セドリックの気持ちなど何も知らない穏やかな寝顔。
憎らしいのに、愛おしい。
「……作戦変更だ」
セドリックは思わず呟いた。
まずは弟ではなく、異性として見てもらわなければ意味がない。
絶対、逃がさない。

第四話　ミレイナの推し活大作戦

ミレイナは毎日、昼食を終えると外出の準備をする。

午後の眠気が一番強くなる時間、それがセドリックとの約束の時間だ。

その時間になったのは、特に理由はなかった。たまたま、最初に挨拶したのがその時間だったというだけ。

ただそれだけの理由だが、時間を変更するようなことはしていない。

セドリックにとって都合が悪くないのであれば、ミレイナは何時だってよかったから。

八年も続けていると、習慣になる。

メイドたちもミレイナが声を掛けなくても、準備を始めるようになっていた。

「はあ……。大失態だわ」

ミレイナは並べられたイヤリングを眺めながらため息を吐いた。

ドレスに合うアクセサリーを選ぶため、毎日行われる儀式。いつの間にか増えていった装飾品を選ぶのはアンジーで、ミレイナはただ眺めているだけだ。

そのため、つい別のことを考えてしまう。

「何かございましたか？」

アンジーがシトリンのイヤリングをミレイナの耳に当てながら尋ねた。

「昨日、眠ってしまったでしょう？」

セドリックと出かけたのはいいものの、途中から記憶がない。しかし、目が覚めたときには屋敷に戻っていた。そこから導き出される答えは簡単だ。セドリックが眠ってしまったミレイナを連れて帰ってきたのだろう。

すべては夜会の疲れが残っていた上に、眠れなかったせいだ。

しかし、そんなことは言い訳にすぎない。

「殿下に迷惑をかけてしまったわ」

彼を楽しませると意気込んで出かけたというのに、最後は世話をされて帰ってくるとは自分自身に呆れてしまう。

（推しに迷惑をかけてしまうなんて……！　合わせる顔がないわ……）

ミレイナは思わず両手で顔を覆った。

しかも、ベッドの上まで運んでもらっておいて、一度も目が覚めなかったのが問題だ。元々眠りは深いほうだけれど、疲れていたせいか音にも振動にも気づかなかったらしい。

ミレイナが目を覚ましたのは早朝で、すでにセドリックは帰った後だった。

「ご安心ください。殿下は迷惑そうではございませんでしたよ」

アンジーはサファイアのイヤリングに持ち替えながら、笑みを浮かべた。

「お顔には出ていなくても、迷惑に思ったはずよ……」

元よりセドリックはコロコロと表情を変えるほうではなかった。変わらない表情の中で、眠ってしまったミレイナのことを呆れていたに違いない。

「授業中に寝るなんて、教師失格だな」くらいの叱責で済めばいいほうだ。長年大事に温めてきたセドリックとの関係が、壊れてしまったのではないか。

最悪、もう二度と会ってくれないことだってあるのではないか。

（二人のラブロマンスを間近で鑑賞するために、今まで頑張ってきたのに……！）

ミレイナは布団に突っ伏したい気持ちを、ぐっと堪えた。

化粧を終え着替えも終盤に向かっている今、布団に顔を埋めて困るのはミレイナではなくメイドたちだ。

「安心してください、お嬢様。王子殿下はお嬢様をそれはそれは大事そうに抱き上げられて……」

メイドの一人が、昨夜のことを思い出すようにうっとりと頬を染めて語り出した。他のメイドたちも同意するように何度も頷く。

夢の中を漂っているような表情にミレイナは心底羨ましいと思った。

「……わたくしも見てみたかったわ」

原作の中でもセドリックがシェリーを抱き上げるシーンがある。何度あのシーンを読んで胸をときめかせただろうか。

「お嬢様が目を覚ましていたら、それはもうときめいたに違いありません！」

「目覚めてすぐにあの麗しい顔がお側にあって、ときめかない女性はいないはずです！」

手を止めて熱く語り出す二人のメイドに、ミレイナは苦笑を浮かべた。

（そういう意味ではなくて……）

ミレイナが見たいのは、シェリーを抱き上げるセドリックだ。

きっと、壊れ物を扱うように優しくそっと抱きあげるに違いない。シェリーにふだんは冷たいセドリックが、本人にすら見せない甘さを見せる。

愛おしそうに見つめる、その横顔。

想像しただけで胸が熱くなる。

（いつかわたくしも見ることができるかしら？　二人のときめくシーン……）

原作のすべてをこの目に焼きつけると決めている。大切なシーンを見逃さないように、これから情報収集をしっかりしなくてはならない。

（そういえば、シェリーはどうやって引きこもりのセドリックと出会ったのかしら？）

ミレイナが記憶している中でも、セドリックはほとんどを王子宮の中で過ごす。元々人に興味のない性格だ。外に出かけたところを見たのは、昨日のデートごっこが初めてだった。

テオや王子宮の侍女たちから情報を集めても、彼は部屋にこもって本を読んでいることが多いらしい。

シェリーが会うのは難しいように感じた。

（最初の二人の出会いは、孤児院のはずよね）

子爵家に引き取られたシェリーは、病気がちな義姉に虐められて過ごす。義姉に甘い義両親は、シェリーの助けにはならなかった。その苦しさを紛らわせるために、シェリーは育った孤児院に顔を出すようになるのだ。

そして、そこでセドリックとシェリーは出会う。

セドリックと孤児院に繋がりがあるとは思えない。セドリックとほぼ毎日顔を合わせているが、彼の口から「孤児院」という言葉を聞いたことは一度もなかった。

（引きこもりの殿下が出かけることなんて、あるのかしら？）

原作はシェリーの視点から書かれていたから、どういう理由でセドリックが孤児院に来たのかは曖昧だった。

「お嬢様、準備が整いました」

考え事をしていると、いつの間にか支度が終わっていた。

「いつもありがとう」

ドレスルームの中から今日に合う一着を用意するのは、大変なことだろう。自分で着るドレスを選ぶ令嬢もいるというが、たくさんのドレスの中から一着を選ぶのは、とても難しい。

ミレイナは姿見の前でくるくると回った。

春の花のようなドレスがふわりと広がる。鏡の向こう側で、アンジーが満足そうにしていた。

しかし、ただ一時間を過ごすには少しお洒落をしすぎではないだろうか。

ミレイナは到着してすぐ、王子宮のいつもの部屋に案内された。

入る前に追い返されるのではないかとヒヤヒヤしたが、王子宮の侍女は笑顔でミレイナを迎え入れてくれた。

セドリックと顔を合わせて早々、深々と頭を下げた。

「殿下、昨日は途中で眠ってしまってごめんなさい」

本を閉じる音が部屋に響く。

一歩、二歩と靴音が近づいて、ミレイナの前で止まった。ドレスのスカートの裾に触れそうなくらい近くに、セドリックの靴がある。

「王子の僕を枕にできるのは、ミレイナくらいだ」

「そんなつもりはなかったのよっ！」

セドリックの言葉に慌てて頭を上げる。

彼の顔が目前にまで迫っていて、驚いたミレイナはバランスを崩した。その場で転びそうになったところを、セドリックが受け止める。

「おっちょこちょいだな」

彼は上機嫌に笑った。

(怒ってはいないみたい)

ホッと胸を撫で下ろしたのも束の間、自分の置かれている状況を理解してミレイナは慌てた。

ミレイナを支えるように腰に回ったセドリックの腕。

ダンスをしているときのように、身体が密着していた。

睫毛の本数が数えられそうな距離に、セドリックの美しい顔がある。

毎日美しさを更新する尊顔を前に、ミレイナは頬を染めた。

彼の美貌を近くで堪能したいが、自分が見られるのは恥ずかしい。

「ほ、本当にごめんなさい。昨日はすごく疲れていたみたいなの……」

昨日はセドリックの肩に頭を預け、ぐっすり眠ってしまった。カフェの中のみならず、馬車の中でも彼は枕に徹してくれていたのだと、彼の従者であるテオから聞いた。

いたたまれなくなってミレイナは、思わず顔を逸らした。

耳元で、セドリックが小さく笑う。

「ならさ、今度はミレイナが枕になってよ」

「そんなことでいいの？」

ミレイナは目を瞬かせた。セドリックは深く頷く。

彼に肩を貸すくらい、どうってことはない。寝顔を隣で堪能することができて役得だ。

「それくらいなら、いくらでも！」

ミレイナはセドリックの腕からするりと抜け出ると、ソファに腰を下ろした。いつもの場所ではなく、彼の隣だ。「ほらどうぞ」とばかりに見上げると、彼は頭を横に振る。

「今日は眠くないから、別の日でいい」

セドリックはそれだけ言うと、ミレイナの隣に座った。

「そうだ。五日後、一日予定を開けておいて」

「五日……後？　どうして？」

予想もしていなかった言葉に、ミレイナはオウムのように繰り返し、瞳を瞬かせた。

ミレイナの予定は、セドリックとの一日一時間以外は埋まっていない。もちろん、セドリックとの予定は最優先で埋めていくつもりだ。

「母上の代わりに孤児院を回ることになったんだ」

セドリックは面倒臭そうにため息を吐く。

引きこもりがちであるセドリックの気が進まないのも無理はない。彼には年下の兄弟もいないのだから。慣れない子どもの相手をすると考えただけで、億劫に思っても仕方のないことだ。

「でも、なぜ殿下が？　いつも王妃様がなさっているでしょう？」

王妃は結婚前から慈善事業に携わっていた。

その中でも孤児院の支援に力を入れているという話は一度聞いたことがある。

「昨日の狩りに参加して、捻挫してきたらしい。それで僕に代わりを押しつけてきた」

(ここで、原作に繋がるのね！)

シェリーの視点では知りえなかった事実だ。

原作のセドリックは、シェリーに多くを語るタイプではなかった。

誰も知らない設定を知ることができた感動に、ミレイナは飛び上がりそうな気分だ。この喜びを誰とも共有できないのが悲しい。

しかし、物語が正しい方向へ流れていることを知って安心もしている。

（このままいけば、二人の出会いのシーンを堪能できそう）

二人が出会ってさえしまえば、あとは流れに乗るだけでいい。セドリックはミレイナのことなどすっかり忘れて、シェリーに夢中になるだろう。

ミレイナを結婚相手に選ぼうなどという考えも改めるはずだ。

「殿下なら、王妃様の代わりをしっかりやり遂げられると思うわ」

ミレイナはセドリックの手を取ると、満面の笑みを浮かべた。

「ミレイナがいたほうが子どもも安心すると思うんだ。だから、ついて来てほしい」

「ぜ――……」

ぜひ行きたいと返事をしようとして、ミレイナは口を噤んだ。

立ち上がって、大きく頭を横に振った。

「絶対だめ！　だめよ！　わたくし、殿下と一緒には行けないわ」

「なぜ？」

セドリックがミレイナの手を取って見上げる。

ミレイナを見つめるアメジストの瞳が、どこか寂しそうでミレイナはたじろいだ。

見捨てられた子犬のような表情。

思わず「やっぱり、ついて行くわ」と言いそうになって、ミレイナは唇を噛みしめた。

（だめよ、ミレイナ！　ここは心を鬼にしてでも断らないと！）

ミレイナが保護者のように側にいては、ロマンスも始まらない。

「い……五日後はちょうど、断れない用事があるの」

「……誰と？」

「それは……。お義姉様よ！　前から約束していたの」

嘘を吐くのは胸が痛んだが、すべてはセドリックの輝かしい未来のため。運命の相手と結ばれるためには、ミレイナが側にいてはならない。

セドリックは何か言いたげな顔でミレイナを見つめた。

あまり、見つめないでほしい。宝石のような瞳をまっすぐ向けられると、意志が揺らいでしまいそうだ。

まるで捨てられた子犬のような表情に、ミレイナの良心は揺さぶられた。

「そ、そんな顔をしてもだめよ！」

意志を固く持つために、ギュッと両目を閉じる。セドリックの顔さえ見えなければ、絆されやすいミレイナでも強く気持ちを持つことができるはず。

ほどなくして、セドリックが小さなため息を吐いた。

「残念。もう一押しだと思ったのに」

「今回はどんなにお願いされてもだめよ。殿下ももうすぐ大人の仲間入りをするのだから、一人でも大丈夫でしょう？」

セドリックは不服そうに眉根を寄せた。

「……わかった」

彼は不承不承といった風に頷くと、本を開いて読書を再開する。いつもより、やや機嫌は悪そうだったけれど、いつもどおりのセドリックに戻った。

原作が始まってしまうと思うと少し寂しい。しかし、彼の幸せが近づいてくると思うと嬉しくもある。ミレイナはいつもの席に座り直すと、セドリックの美しい横顔を見つめた。

◇◆◇

今日の服装は地味な色のワンピース。

華やかな髪色を隠すため、大きな帽子をしっかりと被った。

「お嬢様、こちらでどのような用事が？」

アンジーは不安そうに辺りを見回す。

ミレイナたちが入ったのは、小さな宿屋の一室だった。ベッドと椅子、小さなテーブルなどの最低限の家具があるだけの窮屈な部屋。ミレイナの衣装部屋よりも狭い。

宿屋の前には、護衛に連れてきた騎士が待機している。

貴族の令嬢が使うような部屋ではなかった。しかし、この部屋はミレイナの目的を叶えてくれる唯一の場所なのだ。

アンジーはミレイナがここに泊まるつもりなのかと、心配になったに違いない。

ミレイナは窓の外を見て、にんまりと笑った。

「大丈夫よ、アンジー。ここは殿下の勇姿を見るために借りただけなの。泊まるつもりはないわ」

　窓の外には孤児院が見える。

　二階建ての煉瓦造りの家だ。敷地の端にある大きな木も、その側に並ぶ洗濯物も一望できる。

「殿下の……ですか？」

「ええ。殿下は今日、王妃様の代わりに孤児院に訪問するらしいのよ」

「それを見るためだけに、今日はこちらにいらしたのですか？」

「もちろんよ！」

　セドリックとシェリーの出会いを見守るため、テオからセドリックの訪問先を聞き出したのだ。そのおかげで、事前にいい鑑賞場所を手に入れることができた。

　ここならば、勘のいいセドリックも見つけることはできないだろう。

　彼に見つからないように、エモンスキー公爵家の家紋がついた馬車は一度帰している。

「ですが、ここからでは遠くてあまりよく見えませんが、よろしいのですか？」

「それは問題ないわ。これを見て！」

　ミレイナは荷物の中から、ハンドル付きのオペラグラスを取り出した。

　金に輝くオペラグラスには精巧な装飾が施されている物だ。

「今日のためにお母様にお借りしてきたの」

　母はオペラ鑑賞が大好きだ。彼女は舞台の隅々まで楽しむために、オペラグラスをいくつか集めていた。気分やドレスに合わせて使い分けているらしい。

ミレイナは、その一つを借りたのだ。

ハンドル部分まで薔薇の装飾がされたオペラグラスを覗いて、窓の外を見る。

すると、視界が拡大され、孤児院の前で遊んでいる子どもの表情までくっきりと見えた。

(持って来て正解だったわ)

いくら目がよくても、宿の窓からではセドリックとシェリーは豆粒にしか見えなかっただろう。会話まで聞くことは難しいが、そこは原作の記憶で補完できる。

「こんなことをせずに、近くに行ったほうがよろしいのでは？　殿下でしたら断らないかと」

アンジーは不思議そうに首を傾げた。

「だめよ！　殿下はシェ……ううん、王妃様の代わりとはいえ、初のお仕事だもの。私は彼の先生として、こっそり応援するの」

「そういう意図があったのですね。立ったままでは大変でしょう。こちらにお座りください」

アンジーは部屋の隅に置いてあった椅子を隈なく拭くと、窓の前に置いた。

テオから得た情報だと、午前中に訪問して終わらせる予定らしい。

ミレイナはどこからでも見られるように、昨日から宿屋を一日丸ごと貸し切っていた。こういうとき、公爵家に生まれてきてよかったと思う。

推し活に全力が出せるのは、エモンスキー公爵家に生まれたからに違いない。

(まだ孤児院の子どもたちしかいないみたいね)

朝食を終えたであろう子どもたちが、孤児院の外で走り回っている。ボロボロのぬいぐるみを手におままごとを始めたグループもあった。

孤児院で働く女性たちが、洗いたてのシーツを干していく。

平和な風景を眺めながら、キョロキョロと辺りを見回す。

セドリックはおそらく馬車で来るだろう。王妃の代わりに子どもたちに贈る玩具や菓子を用意しているはずだ。

（王宮は東だから、あちらの道から来るわね）

窓を開け、外を見たけれど馬車が来る様子はまだなかった。

ついでに、辺りをぐるりと見回す。

ミレイナは思わず窓の外に身を乗り出した。

（シェリーもそろそろ来るはずだけど。……ピンクブロンド！　あれだわ！　見つけた！）

オペラグラスを握り締める手に力が入る。

孤児院のすぐ近くにそびえ立つ木の側に、古びた服を着た少女が立っている。ピンクブロンドの髪、同じ色の愛らしい瞳。まさしくザ・ヒロインという出で立ちの少女だ。

着古した紺のドレスは、一昔前に流行った形の物だ。しかし、それを感じさせないくらい目鼻立ちが整っている。

風に揺れた長い髪が音楽でも奏でそうだった。

シェリーは、憂い顔のまま孤児院の子どもたちを遠くから眺めていた。寂しそうな表情なのは、子爵家で辛い思いをしているからだ。

（たしか、原作では子爵家に養子になったものの、病気がちな義姉から苛められていたのよね）

シェリーは子どものころに捨てられ、孤児院で育った。

だから、頼れる人が誰もいない。多くの子どもを抱える孤児院は、一度養子に行ったシェリーを支えるだけの余裕はなかった。

そんなときに出会うのがセドリックだ。

「殿下が来たわ！」

ミレイナは思わず声を上げる。

一台の馬車が孤児院に向かって走ってくるのが見えた。

絶妙なタイミングだ。

「人違いでは？　あの馬車は王子殿下が乗るには、少しみすぼらしいといいますか……」

アンジーの言うことはわかる。王族が使うにしては地味な馬車だ。

しかし、ミレイナには、あの中にセドリックがいる自信があった。

「きっと殿下よ。馬車は何か理由があるに違いないわ」

アンジーは納得がいかない様子だ。

（たしか、二人ははじめ、お互いに身分を隠しているのよ）

セドリックが自身の身分を隠した理由は語られていない。しかし、想像するのは簡単だ。

（王子として訪問するのが面倒だったのね）

第三王子として正式に訪問する場合、服装や護衛など準備を多く要する。

セドリックは無駄なことを昔から嫌っていた。わざわざ第三王子として訪問する必要はないと判断したのだろう。

王妃やテオの提案を却下し、話を強引に進めたのは想像に容易い。

ミレイナは肩を揺らして笑った。

「ほら、馬車が孤児院の前で止まったわ」

停まった馬車から出て来た黒髪の男を見て、アンジーは感嘆の声を上げた。

「さすがお嬢様。殿下のことなら何でもご存じなのですね！」

拍手でもしそうなアンジーに、ミレイナの頬が緩む。褒められて悪い気はしない。

推しのことは誰よりも詳しくいたいというのが、乙女というものだ。

孤児院の責任者らしき人と挨拶を交わしたセドリックは、大きな荷物を渡した。周りにいた子どもたちが集まってきた様子から、彼らへの贈り物だろう。

子どもたちが容赦なくセドリックに抱きついた。

彼らはキラキラとした目をセドリックに向ける。

セドリックはわずかに眉根を寄せながらも、子どもの相手をしていた。

「なんて尊い姿なのかしら……」

小さな子どもたちを相手にするというのは、王子宮では見ることのできない姿だ。

彼は荷物の中から一つ一つ玩具を取り出し、子どもたちに与えている。膝を曲げ、子どもたちに視線を合わせる姿。嬉しそうに笑う子どもの頭を撫でる姿。

感動のあまり、オペラグラスを持つ手がわずかに震えた。

ミレイナと同じように、セドリックを見つめる目がもう一つある。――シェリーだ。彼女はずっと、子どもたちに玩具を渡すセドリックを見つめていた。

（たしかシェリーは、玩具を貰う子どもたちを見て、昔を思い出しているのよね）

切ない目をしているのは、置かれている状況がよくないからだろう。子爵家にはシェリーの居場所なんてものは最初からなく、孤児院にあった居場所はなくなってしまった。

子どもたちは玩具を手にすると、一人ずつセドリックの下から去ってく。一人、また一人と離れて行くのを見て、セドリックは安堵の表情を浮かべていた。

荷物の中がすべて空になったころ、彼はシェリーの視線に気づいたようだ。

二人の視線が絡み合った瞬間、ミレイナの胸は高鳴った。

（とうとう殿下がシェリーに本をあげるシーンだわ）

原作では、セドリックはシェリーを孤児院で生活している子だと勘違いするのだ。そして、空になった荷物を見て、玩具の代わりに自分の読みかけの本を渡す。

それが、二人の物語の始まりだ。

しかし、孤児院で育ったシェリーはほとんど文字が読めなかった。その上、セドリックの渡した本が難しいものだったから、彼女はまったく読めなかったのだ。

（次に会ったときに、シェリーがそのことを殿下に伝えて、文字を教えてもらうようになるの）

本を通して二人の距離が少しずつ近づくのだ。

セドリックは原作どおり、馬車の中から一冊の本を取り出した。

「あれは……」

ミレイナは目を細めた。本の表紙に既視感があったからだ。セドリックの部屋で見た物だろうか。なぜか、嫌な予感がした。

オペラグラス越しに本のタイトルをなぞる。

『デートの基本　初級』

瞬間、ミレイナの手がぷるぷると震えた。

慌てて立ち上がる。

「だめ！　このままでは、せっかくのラブロマンスが台なしだわ！」

「お嬢様⁉」

アンジーの驚きの声が部屋に響く。

しかし、気にしている余裕はミレイナにはない。

（あんな本を渡すだなんて！　そんな風に育てた覚えはないわ……！）

止めなければ。

ヒーローの読んでいた本が『デートの基本　初級』では、千年の恋も冷めてしまう。

ミレイナはオペラグラスを手にしたまま、部屋を飛び出した。

幸い、今日は軽装だったため、走ることができた。宿屋の狭い階段を駆け下りて、外に出る。

ミレイナはまっすぐ、シェリーの下に走った。

走っている最中、大きな帽子は飛んでいったが気にしてはいられない。

「だめっ！　その本はだめよ！」

ミレイナはシェリーの手から本を奪い取った。

彼女は驚きに目を丸め、呆然とミレイナを見つめる。文字がほとんど読めない彼女は、まだこの本がどんな物か理解していないだろう。

ホッと胸を撫で下ろした。

「ミレイナ……？」

聞き慣れた声に名を呼ばれ、ミレイナは我に返る。おそるおそる振り返ると、セドリックが怪訝な顔でミレイナを見ていた。

「殿――……セ、セドリック。ごきげんよう」

（危ない。今、殿下は身分を隠しているのだったわね）

せっかくのお忍びを台なしにしてしまってはいけない。セドリックが王族だと早いうちに知ってしまったら、シェリーは彼を避けるかもしれないからだ。

セドリックは機嫌がよさそうに口角を上げた。

「ミレイナはなぜここに？」

「たまたま……通りかかって」

「へえ……。そうなんだ」

セドリックが満面の笑みで笑う。

そんな笑顔を見るのは初めてで、ミレイナは頬を引きつらせた。

(絶対、怒っているわ……！)

彼らの出会いを台なしにしたのだ。

しかも、ミレイナはこっそりその様子を見ていた。怒るのも無理はない。

「お話し中だったのに、お二人の邪魔をしてしまってごめんなさい」

「別に。もう帰ろうと思っていたところだから構わない。ミレイナの話は馬車の中で聞くから」

セドリックがミレイナの腰を抱く。

ミレイナは顔を真っ青にして彼を見上げた。

(なんて言い訳をすればいいのかしら？)

素直に言ったほうがいいのだろうか。

この状況をどう説明すればセドリックが納得するのか、ミレイナにはわからなかった。「あなたの未来を知っているのよ」なんて口が裂けても言えない。

しかし、セドリックは納得するまでミレイナを離さないだろう。

「わたくしはお迎えが来るから大丈夫よ」

「そんなの、あいつらに任せればいいだろ」

セドリックは遠くで見守っていたアンジーと騎士に視線を移した。二人はセドリックと目が合うと、深々と頭を下げた。

「僕が送ってくから安心してよ」

セドリックに言われて、だめだと言える人はここにはいない。ミレイナは諦めて頷いた。

「二人に伝えてくるから、セドリックは馬車で待っていて」

「わかった」

セドリックはおとなしく馬車へと戻っていった。

(シェリーに一言くらい声を掛けてあげればいいのに！)

彼はまだシェリーに興味は湧いていないようだ。彼は出会ってすぐに恋に落ちるような性格ではない。仕方ないのだが、少し申し訳なく感じた。

ミレイナが出てこなければ、もう少しいい雰囲気で終わっていたはずだ。

ミレイナは改めて、シェリーに向き直る。

「本当に、お邪魔してごめんなさいね」

「いえ、私のことはお構いなく。気にしていませんから」

シェリーは少し困ったように、にこりと笑みを浮かべた。

(なんていい子なの……！)

突然現れたミレイナを気遣う優しさまで備わっている。

オペラグラス越しに見たときよりも、数倍は愛らしく見えた。艶々とした白い肌。まだ十七歳の少女らしく、あどけなさが残る。

ミレイナは思わず彼女の手を握った。

女性らしい柔らかい手。ひんやりとしていて心地いい。

セドリックが恋をしてしまうのも無理はない。

「今度、セドリックからもっと素敵な本を贈らせるわ」

もっと、ラブロマンスに相応しい本を選んでセドリックに届けさせよう。そうすれば、二人の仲も変化していくだろう。

「いえ、本だなんて高価な物はいただけません」

シェリーは慌てて頭を横に振る。

(可愛い上に謙虚なのね)

「今は大変かと思うけど、きっといつか報われる日が来るはずよ」

彼女は困惑したように、ミレイナを見返す。訳がわからなくても無理はない。本人は自分自身が物語の主人公であることを知らないのだから。

ミレイナはシェリーの幸せを願い、握った手に力を込めた。


馬車の中は静かだ。

強制的にセドリックと並んで座らされたミレイナは、手に持っていたオペラグラスをただジッと見つめた。

馬車が左右に揺れるたびに、二人の肩がぶつかる。

長い沈黙に耐えられなくなり、ミレイナは顔を上げた。

「殿下、あのね……」

「用事があるっていうのは嘘だったんだ」

寂しそうにセドリックが言う。

咎めるような視線に、ミレイナは胸が締めつけられた。

「う……嘘ではないわ！　ほら、これ！　オペラを見に行く予定だったのよ。でも、予定が変わってしまったの！」

ミレイナは手に持っていたオペラグラスを、セドリックの目の前に突き出す。

オペラグラスの使用機会は、オペラ鑑賞しかない。ふだんは持ち歩くような物ではなかった。

しかし、セドリックの目は誤魔化せなかったようだ。

「そんな服でオペラに？」

彼の視線がミレイナのワンピースに注がれる。今日のために用意した煉瓦色のワンピースは、装飾の少ない変装用だ。

この格好でオペラを観に行く令嬢はいない。いくらミレイナが流行りに無頓着でも、このワンピースは選ばないだろう。

ミレイナは頬を引きつらせながら、愛想笑いを浮かべた。

「実はね、急遽時間が空いたから、殿下の初仕事をこっそり応援しようと思ったの」

「隠れる必要はなかっただろ？」

「お仕事の邪魔をしてはいけないと思ったの。本当に悪気はなかったのよ」

ミレイナはセドリックの袖を掴んで見上げた。

こんなことで推しに嫌われたくはない。

この先ずっと、仲のいい友人の一人として彼の幸せを見守りたいと願っている。

その気持ちをどう言葉にしていいかわからず、ミレイナはただセドリックを見つめるしかなかった。

祈りが通じたのか、セドリックは小さなため息のあと、「その顔は反則だ」と呟いた。

彼の手がミレイナの頬を鷲掴む。不意打ちの行動に、ミレイナは目を丸めた。

「僕の気も知らないで……」

「どういう意味？」

彼のため息の意味がわからず、目を瞬かせた。

「別に怒ってない。でも、嘘をついた罰として、次は絶対に一緒に来てもらうから」

「一人でも問題なく王妃様のお使いができていたじゃない」

わざわざミレイナが一緒に行く必要はないほど、彼はそつなくこなしていたように見えた。次の機会があったとしても、ミレイナの支援は不要だろう。

「できたとかできないとか、そういう問題じゃない」

セドリックは不機嫌そうに顔を歪める。

「子どもの相手は性に合わない。ミレイナが一緒にいたほうがもっとスムーズだったはずだ」

「そうかしら？　子どもたちの相手をしている殿下、とっても素敵だったのに」

原作どおりとはいえ、彼に仕事を任せた王妃に感謝しなければならない。子どもたちと戯れるセドリックというのは、王子宮にいては見ることのできない姿なのだから。

子どもたちからキラキラとした目を向けられたセドリックのぎこちない表情は、生涯忘れることはないだろう。

ミレイナは思い出して、うっとりと微笑んだ。

紫の瞳が何か言いたげに、ミレイナのことをジッと見つめた。

「ふーん。そんなところまで見てたんだ。知らなかった」

セドリックはオペラグラスをミレイナから奪うと、中を覗く。

そして、窓の外に視線を向けた。

「遠くまでよく見えるんだな、これ」

「え、ええ。お母様のとっておきのオペラグラスなの。舞台上の俳優の毛穴まで見えるそうよ」

オペラ鑑賞を趣味とする母が、そんな謳い文句に釣られて手に入れた物だ。

最新の技術を駆使しているだけあって、肉眼のように鮮明に見えた。

「ミレイナにはこんなもの必要ないだろ？」

セドリックの美しい顔がずいっと近づく。反射的にミレイナは仰け反った。

馬車の揺れがタイミングよく重なり、バランスを崩す。倒れ込みそうになったミレイナの腰を、セドリックがしっかりと受け止めた。

「ほら、着くまでのあいだ、好きなだけ見てよ」

睫毛の本数まで数えられそうな距離に、セドリックの顔がある。

長い睫毛が作る影が妙に色っぽい。

毎日見て慣れているはずなのに、心臓が何度も何度も跳ねる。

「殿下、近すぎるわ」

今日のセドリックはなんだか意地悪だ。

ミレイナは耐えきれず、両手で顔を覆った。風邪を引いたときのように顔が熱い。

それもこれも推しが美しすぎるのがいけないのだろう。

◇◆◇

最近、馬車に揺られながら考えることは、いつも同じだ。

セドリックの幸せのために、ミレイナができることは何か。

ミレイナのいる世界は、シェリーとセドリックのラブロマンスが描かれた小説の中だ。

原作が始まるまでの八年間は、推しを間近で見守る楽しさに夢中になっていた。しかし、原作の物語が始まった今、ずっと同じようにしていてはいけない。

推しの幸せこそがミレイナの幸せである。

(これ以上原作を捻じ曲げるわけにはいかないわ！)

ミレイナは馬車に揺られながら、力強く両手を握った。

原作どおりならば、シェリーは今ごろセドリックから貰った本を読もうとしているところだろう。しかし、ミレイナはその本を奪ってしまった。

だからと言って、『デートの基本　初級』という本をシェリーに読ませるわけにはいかない。

（でも、二人が近づくきっかけだった本を奪ってしまったのだから、どうにかしないと……！）

軌道修正ができるのは、物語を知っているミレイナ以外にいない。このままでは、二人の距離は縮まることなく終わってしまう可能性だってあるのだ。

ラブロマンスが生まれないかもしれない。

（殿下には世界で一番幸せになってもらわないと！）

「お嬢様、大丈夫ですか？」

馬車の向かいに座っていたアンジーが、ミレイナの顔を覗き込んだ。

表情からミレイナのことを心配しているのが見て取れる。

（わたくしったら、顔に出ていたかしら）

ミレイナは慌てて両手で頬を押さえた。

「わたくしは大丈夫よ」

アンジーに心配を掛けないように、ミレイナは満面の笑みで答えた。しかし、彼女は納得していないようだ。

「安心して。空が真っ黒だから、気が滅入りそうなだけ」

ミレイナは窓の外を指差した。

空は厚い雲に覆われ、どんよりとした天気だ。

まだ昼を少しすぎたころだというのに、夕刻のように暗い。

「今日は久しぶりに雨が降りそうですね」

「そうね、ずっと天気が続いていたのに」

雨はあまり好きではない。

ドレスが濡れないようにと気を遣うし、メイドたちの仕事も増える。

それに、癖の強い髪が更にうねって大変なのだ。

朝の支度がいつもよりも長くなって、朝食を摂る前に疲れてしまうのも悩みだった。

「久しぶりの雨……？」

ミレイナはポツリと呟く。

（原作でも雨が降るストーリーがあったわ）

ふと、原作小説のワンシーンが頭を過る。

虐めに耐えかねたシェリーが、子爵家から飛び出したときのこと。

突然の雨が降ってきてしまうのだ。

『最近ずっと晴れていたのに……。こんな日に限って雨だなんて。私って、本当に運がないのね』

シェリーは子爵家の養子になったものの、家族になったとは思えないほどの扱いだった。

病弱な義姉は健康なシェリーに辛く当たり、両親もそれを止めることはしない。使用人のような仕事を任せられ、とても令嬢と言えるような生活ではなかった。

苦しさに耐えかねて、世話になっていた孤児院に駆け込むこともできない。

孤児院では、貴族の家に養子になることは名誉なことだった。みんなが憧れる世界に入ったのに、「辛い」と言うことはできなかったのだ。

けれど、シェリーにとって逃げられる場所は一つしかない。――孤児院にある大きな木。辛くなった日はそこに行って、孤児院の子どもたちを眺めるのが日課になっていた。

彼女は孤児院に向かう途中、子猫を見つける。シェリーは弱っている子猫を放っておくことができずに、自分自身がずぶ濡れになりながら守ろうとした。

そんなとき、セドリックがたまたま見つけて助けるというストーリーだった。

「ねえ、アンジー。わたくしの今日の予定って何だったかしら？」

「お嬢様の？　何をおっしゃいますか。これから殿下とお会いする予定でしょう」

「そうよね。これからわたくしは一時間、殿下と会うの」

八年間続いている毎日のルーティンだ。

現に、馬車は王子宮に向かっている。

セドリックの予定も、ミレイナと会うことになっているから、王子宮にいるはずだ。

しかし、この習慣はミレイナが勝手に作ったもので、原作にはなかった。

ミレイナがセドリックの側にいることで、原作の内容が変わってしまったのだとしたら。

今にも雨が降り出しそうな厚い雲を、もう一度見上げる。

（どうしましょう。このままだとシェリーが、雨に濡れて風邪を引くだけになってしまうわ！）

自分のことよりも子猫を優先するシェリーを見て、セドリックが彼女の優しさに胸打たれる大切なシーンだ。

このままでは、なかったことになってしまう。

考えているうちに、ポツリポツリと雨粒が窓に当たりだした。

「アンジー、大変っ！　雨が降って来てしまったわ！　急いでちょうだい！」

ミレイナを乗せた馬車は大慌てで、セドリックの待つ王子宮へと走った。


いつもよりも急いで廊下を早歩きしたせいか、体力のないミレイナは息を切らしていた。

たくさん布やレースが使われているドレスとヒールのある靴は、ミレイナにとって大きな重石になっていた。

「殿下、今からお出かけしましょう！」

開口一番に言うと、セドリックは読みかけの本から顔を上げる。

そして、怪訝な顔でミレイナを見返した。

「今日は天気が悪いから、明日にしたほうがいいんじゃないか？」

(雨が降っているからこそ出かけないといけないのよ！　なんて……言えないし)

明日では意味がない。

今まさにシェリーは苦しんでいる。セドリックの助けが必要な状態だ。

「ほら、雨の日のお出かけだって風情があるでしょう？」

「風情、ね……」

セドリックはつまらなさそうに窓の外を見た。

「なら、温室のほうがいいんじゃないのか？」

王宮の温室には異国から取り寄せた花々が年中咲いている。特別な人しか入室を許されていない場所だ。ミレイナは王妃に誘われて何度か入ったことがあった。

温室ならば雨を感じながら快適にお茶を楽しめるだろう。

セドリックと温室は魅力的だったが、今はその誘いに乗るわけにはいかない。

「温室も行きたいけれど、今日は殿下と二人きりで外にお出かけしたい気分なの」

セドリックの手から本を奪うと、本棚に戻す。そして、彼の手を取った。彼は思いのほか押しに弱い。ミレイナが「お願い」と言って見つめると、最終的には折れてくれる。

「殿下、お願いよ」

彼は、大きなため息をついて立ち上がった。

「……僕はいつもミレイナに振り回されっぱなしだ」

セドリックが小さく呟いた。


二人を乗せた馬車は、まっすぐ郊外に向かって走る。

シェリーと出会える正確な場所はわからない。しかし、原作の記憶どおりであれば、子爵家から孤児院に向かう途中だ。

子爵家から孤児院は歩いて三十分。その道を走ってもらえば、見つけられるだろう。

シェリーを養子に取ったキャンベル子爵家は、王都の中でも郊外に屋敷を構えていた。

馬車は指示どおり、キャンベル子爵家の前を通り、孤児院へと向かう。

何の変哲もない街並みを目で追った。

少しでも気を緩めれば、シェリーを見落としてしまう可能性がある。

（ピンクブロンドの髪……。このままだと孤児院に着いてしまうわ）

「そんなに景色が楽しい？」

「ええ、そうね」

セドリックが不機嫌な声で言う。

ミレイナは窓にかじりついたまま、セドリックの声に頷いた。

「僕はまったく楽しくない」

彼はそう呟くと、ミレイナを後ろから抱きしめて肩に顎を乗せた。

突然のことに心臓が跳ね上がる。

「殿下⁉」

「……セドリック。今は二人きりだろ？」

腰に回された腕に力がこもる。

ぴったりとくっついた背中に意識が集中して、うまく頭が回らなかった。

「セ、セドリックったら、急にどうしたの？」

平静を装っていたが、心臓は速くなるばかり。

密着した背中から、うるさくなった心音が彼に聞こえてしまうのではないかとヒヤヒヤした。

後ろばかりが気になって、窓の外の景色が目に入ってこない。

「ミレイナが外ばかり見ているのが悪い」

セドリックは低い声で言うと、ミレイナの肩に顔を埋めた。

「ごめんなさい。外が気になって……」

言い訳を口にしようとした瞬間、視界にひときわ華やかな色が映った。

ピンクブロンドの髪。間違いなくシェリーだ。

「あっ！　馬車を止めてちょうだい！」

ミレイナが叫ぶ。すると、少し遅れて馬車がゆっくりと減速して止まった。ちょうど、シェリーのいるすぐ近くだ。

「あんなところに女性がいるわ」

雨ということもあって、人通りはほとんどない。

ミレイナは建物のあいだにしゃがむ女性を指差した。

髪も服も随分濡れていて、時間が経っていることがわかる。

セドリックは肩に埋めていた顔を上げ、窓の外をチラリと見た。

「そうだな」

「可哀想だと思わない？　このままではあの子、風邪を引いてしまうわ」

「赤の他人だろ？」

「この前孤児院で会った子よ。見たことがあるもの。まったくの他人とは言えないわ」

セドリックは眉根を寄せたまま、雨に打たれるシェリーを睨んだ。記憶力がいい彼ならば、覚えているだろう。

(前回、わたくしのせいで二人は会話をほとんどできなかったから、まだ殿下はシェリーに興味が持てないのかしら?)

原作のセドリックはどんな経緯でシェリーを助けたのだろうか。

シェリーの視点からでは、詳しくは書かれていなかった。たまたま居合わせたセドリックに助けられるというもの。

今はミレイナもいる。原作とはシチュエーションが違うだろう。

この状況でどうやって説得したら、シェリーを助けようとするだろうか。

セドリックはけっして冷たいわけではない。

ミレイナが考えあぐねていると、彼は小さく息を吐いた。

「仕方ないな……。ミレイナはここで待ってて」

心底面倒そうに言うと、セドリックは馬車を降りた。

雨粒が馬車にぶつかって大きな音を立てる。窓から見える世界は雨のせいで少し歪んで見えた。

シェリーの下に走るセドリックの背中を見て、ミレイナは安堵のため息を吐く。

(これで原作と道筋はそこまで変わっていないわよね。よかった)

彼は原作で、『人間嫌い』だとか『他人に興味がない』などと繰り返し書かれていた。

しかし、彼の側にいて八年でわかったことがある。

彼は原作で書かれているほど、人間が嫌いなわけではないと思うのだ。ただ、少し面倒臭がり屋で感情表現が苦手なだけ。

でなければ、原作でもシェリーを助けるようなことはしなかっただろう。

ミレイナのお願いだって、一蹴して終わりだ。

彼はほんの少しだけ、孤独に慣れているだけ。

きっと、シェリーがこれからその孤独から救ってくれるはずだ。

セドリックの背中で隠れ、馬車からでは、セドリックとシェリーがどんなやりとりをしているのか、詳しくはわからなかった。

どんどん雨が強くなる。

ミレイナは心配になって馬車の扉を開けると、セドリックは走って戻って来た。

強い雨だったようで、頭の天辺から足の先までぐっしょりと濡れている。

彼の前髪から、雫が滴り落ちた。

首筋を流れる雫が、妙に色っぽくて、目のやり場に困ってしまう。どこを見ていいのか、わからなかった。

しかし、セドリックを濡れたままにさせるわけにはいかない。

ミレイナはハンカチで水が滴る彼の顔を拭おうとして、手を止めた。

「殿下、その子猫は……？」

「みゃぁ……」

彼は腕に子猫を抱いていた。ぐっしょりと濡れた子猫はぷるぷると震えながら小さく鳴く。

「これが心配で留まっていたらしい」

セドリックは、子猫に視線を向けて言った。

「彼女は？」

「子猫をミレイナに任せられるなら、家に帰ると言っていたから大丈夫だろ」

窓からシェリーの様子を確認すると、彼女とちょうど目が合った。

その瞬間、彼女は深々と頭を下げる。

わずかに笑みを浮かべたあと、彼女は子爵家のほうに向かって走って行ってしまった。

引き留めるべきだろうか。しかし、物語のエキストラであるミレイナが、これ以上口出しするのはよくないだろう。

後ろ髪引かれる思いで、シェリーの背中を見送った。

「みゃ～」

セドリックの腕の中にいる子猫が弱々しく鳴く。

ミレイナは慌てて濡れた子猫をタオルで包み込んだ。

子猫は小さく安堵のため息を吐き出すと、暴れることなくミレイナに身体を預けるのだ。

「可哀想。急いで戻りましょう」

「風情のあるお出かけは？　猫なら他の奴に頼んでもいいだろ？」

「何を言ってるの。殿下もこんなに濡れているのよ。風邪を引いたら大変じゃない」

タオルに包んだ子猫を椅子に下ろすと、次はセドリックの頭に新しいタオルを被せた。

万が一に備え、王宮の侍女たちがたくさんのタオルを馬車に積んでくれて助かった。

彼はされるがまま、ミレイナに頭を差し出す。

それがなんだか可愛く思えて、ミレイナは十分に水気が取れるまでしっかりと拭った。

「あの子、こんな小さな子猫を守ろうとするなんて、可愛い上にとても優しい子なのね」

「……そうだな」

セドリックは興味がなさそうに答えた。

「それに、あの子と子猫を助けた殿下も、とっても優しいわ」

「別に。ミレイナが濡れるよりはいいと思っただけだ」

「そうなの？」

「僕が助けなかったら、ミレイナが飛び出しそうだったから」

セドリックはミレイナの手からタオルを奪うと、乱暴に自身の髪を拭った。

チラリと見えた彼の耳が赤い。

（もしかして、恥ずかしいのかしら？）

羞恥する姿も愛おしい。恥じらいを隠すように窓の外に顔を向ける姿もすべて愛おしく思える。

ふいに、セドリックがミレイナの肩に頭を預けた。

水気を含んでいる髪が頬に触れて、少し冷たい。

「殿下？」

ミレイナはどうしていいかわからず、背筋を伸ばした。

「枕」

セドリックはそれだけ言うと、瞼を閉じる。

ミレイナは、ふと先日の約束を思い出した。

（そういえば、次はわたくしが枕になるって約束をしていたわね）

ふわりと彼の香りが鼻腔をくすぐる。少し甘くて、温かみの感じる香りだ。

規則正しい呼吸を間近で聞きながら、ミレイナはそっと彼の頭を撫でた。

水を含んだ黒髪は、まだ少し重い。しかし、腰のある艶やかな髪は触り心地が抜群で、いつまでも触っていたくなる。

（このままだと、どんどん原作からかけ離れてしまうわ。……それは絶対にだめ！）

もしも、セドリックとシェリーが結ばれなかったら、彼はずっと孤独のままかもしれない。

原作で読んだ、彼の心からの笑顔。ミレイナはあの笑顔を見たいのだ。原作では登場しないミレイナが側にいることが問題なのはわかりきっていた。

（モブはモブらしく退場すべきよね）

すべては推しの幸せのため。

ミレイナは当初の目的どおり、こっそりと二人のラブロマンスを鑑賞しようと決意した。

第五話　罰ゲームの約束

決意を新たにしたミレイナは、数日間、様々な理由をつけてセドリックから離れた。

しかし、五日後の今日、「ミレイナに頼みたいことがある」という手紙を受け、セドリックの下を訪問したのだ。

ミレイナは部屋に入った途端、セドリックから手渡された招待状を見て目を丸めた。

「舞踏会？」

「そう、ひと月後に開催することになった」

「でもなぜこれをわたくしに？」

王宮で開催される舞踏会ならば、いつも屋敷に届くはずだ。直接渡されたことはなかった。

「当日、パートナーとして参加してほしい」

「パートナー？」

ミレイナは首を傾げた。まだセドリックは社交デビュー前だ。基本的に王族でも社交デビュー前は舞踏会には参加しないはず。

セドリックの社交デビューはもう少し先だ。理由はわからないが、原作で彼は十八歳を終えるギリギリまでデビューを遅らせていた。

原作では、デビューまでのあいだ、セドリックとシェリーは互いの身分を明かさず、少しずつ心を通わせていく。

今は二人が距離を縮める時期だ。

セドリックが合わせ鏡のように首を傾げた。

「社交デビューの日を早めてもらった」

「まあ！　本当に？」

「嘘をついても意味はないだろ？」

「そうよね。でも、こういうのってたくさん準備があるのでしょう？」

ミレイナの社交デビューのときも大変だった。ドレスの準備やパーティーの選定。王族は王宮の舞踏会を開催する必要があるから、大変さはミレイナの比ではないだろう。

「元々、十五のときから計画はあったから、時期を早めるのは難しくなかった」

「そうなの？　聞いたことなかったわ」

社交デビューの年齢は正確に決められているわけではない。大人の仲間入りをしても大丈夫だと両親が認めたときとされている。今やそれが慣習になり、十五歳から十八歳に社交デビューするのが当たり前になっていた。

セドリックは十歳で王族に必要な勉強を終えているから、最短でデビューすることも可能だったのだろう。それを十八歳まで延ばした理由は語られていない。

人間嫌いの彼のことだ。「わざわざ早くから人と関わりたくない」くらいの理由で延ばしていたのは想像に容易い。

（なぜ今更予定を早めたのかしら？）

「でも、パートナーは普通、家族が務めるものでしょう？」

例外はある。既に婚約者がいて、その婚約者が社交デビューしている場合だ。けれど、ミレイナは家族でも婚約者でもなかった。

「殿下のお姉様になれたら絶対にパートナーに立候補したわ」

「ミレイナは姉ではない」

セドリックは不服だったのか、眉根を寄せた。

「わかっているわよ、そんなこと。ただ、お姉様として生まれていたらパートナーも引き受けられるし、いいと思ったの」

こんなモブの中のモブではなく、セドリックの姉である第一王女に生まれていたらどんなに幸せだろうか。

たしか原作では他の兄弟たちとセドリックはあまり仲がよくない。いがみ合っているというわけではないようだが、母親が違うため互いに距離を置いていると書いてあった。

現実、セドリックから他の王子や王女の話は聞いたことがない。

しかし、もしミレイナが王女として生まれ、セドリックの姉だったら原作など関係ないとばかりに毎日可愛がったに違いない。

セドリックが結婚しても姉として仲良くできて最高ではないか。

「姉じゃなくてもミレイナはパートナーになれる」

「どうして？」

「ミレイナは先生だから」

「あら……。そんな制度、すっかり忘れていたわ」

多くの貴族が家族内の誰かがパートナーを務めるから、記憶から抜けていた。家族や婚約者以外に教師を務めている者もデビュタントのパートナーとして認められるのだ。

過去に実例がなかったわけではないから、批判されることもないとは思う。

「王族は全員参加だろう？　王妃である母に頼むわけにもいかないし、姉上は兄上と行くはずだ」

セドリックが少し悲しそうに眉尻を落とす。

（原作ではどうだったかしら？）

セドリックのパートナーのことは書かれていなかったように思う。

キャンベル子爵家の娘として社交界にデビューしたばかりのシェリーと、舞踏会で再会し互いの身分を知るのだ。

（一人で参加したのかも）

原作に描かれるセドリックならあり得なくもない話だ。彼は人嫌いで、周りに人を寄せつけないところがあった。

（もしかして、殿下はわたくしを虫除けにしたいのかしら？）

社交場では年頃の令嬢たちに囲まれる可能性が高い。

しかし、公爵家の令嬢であるミレイナが側にいれば、虫除けくらいには役立つだろう。

セドリックが多くモテる必要はない。

シェリーとのロマンチックなダンスを踊ることが重要なのだ。

「わかったわ。陛下やお父様の許可がもらえたら一緒に行ってあげる」

「ありがとう」

「いいの。わたくしだって余りものだもの」

ミレイナはセドリックの手を取って満面の笑みを見せた。

王宮主催の舞踏会ともなると、田舎の貴族も集まってくる。いつもエスコートを頼む従弟は婚約者と行くだろう。

公爵家の騎士の中から一人選べば事足りるのだが、セドリックが一人で寂しいのであれば話は別だ。

（きっとこれがわたくしの最後の役割になるはずよ）

舞踏会でシェリーと再会すれば、彼の心はシェリーに向くだろう。ミレイナに向けていた言葉などすっかり忘れるに違いない。

（なんだか、寂しい気もするけど、大切な推しの未来のためだもの！）

こういうときこそミレイナが頑張らなければならない。

（そうだわ。パートナーとして一緒にいれば、シェリーの下まで誘導もできるし、特等席で二人を見ることができるじゃない！）

物語にとって鍵となるシーンに立ち会うことができる。

セドリックの社交デビューが早まることで、物語は変わってしまうかもしれない。

しかし、二人は恋に落ちる運命なのだ。

きっと、運命の神様は二人を結びつけてくれるだろう。

「セドリック、舞踏会が楽しみね」

舞踏会はシェリーのことをもっと知るいい機会になるはずだ。

ミレイナは嬉しさのあまり、セドリックの手を握りしめた。

セドリックは目を丸め、そして、嬉しそうに細める。

「僕もずっと楽しみにしてたんだ」

彼はそのままミレイナの手に口づけた。指先に触れた唇の感触にミレイナは肩を跳ねさせる。

上目遣いで見られて、心臓も跳ね上がった。頬に熱が上がっていくのがわかる。長年の推しからそんな色っぽい目で見られてドキドキしないほうがおかしい。

嬉しさと緊張で心臓が駆け足になった。

セドリックは原作よりも性格が丸くなっているように感じる。原作では兄弟とは疎遠だった。

彼は頭がいいから同年代の貴族の子とは話が合わず友達もいないという設定だ。

彼は幼いころ、人との関わり方を知らずに育ったため、ヒロインであるシェリーを大いに振り回した。

設定と違う点はミレイナという友達が現在一人いるということだけだろうか。その程度で何か変わるかと聞かれたら変わらないような気もする。

「セドリックったら……！　そ、そういうのは気安くしてはだめよ」

ミレイナだから勘違いしないで済むものの、他の女性にしたら結婚の二文字を頭に浮かべる人も出てくるのではないだろうか。

できればシェリーのライバルは少ないほうがいい。

「誰彼構わずするほど僕は軽率じゃない。ミレイナだからするんだ」

「わたくし相手にもだめよ。びっくりしてしまうもの」

「我慢しないって言っただろ？」

「そうだけど……」

今までのセドリックの反応とは違うから、少し緊張もするし困惑もする。

（殿下はわたくしにとって大切な弟みたいな存在よ。なのにドキドキしてるなんておかしいのかしら？）

ミレイナは自身の胸に手を当てる。

脈打つ心臓は落ち着くどころか、どんどん速度をあげていく。

（でも、推しに口づけられたらドキドキするのは普通よね。これは、セドリックの顔がよすぎるのがいけないのよ！）

すべてはセドリックが麗しいせいだろう。

「僕はやめる気はない。挨拶だと思って慣れて」

「と！　とにかく、時と場合を考えなくてはだめよ？　外でこんなことしたら、周りがありもしないことを噂するわ」

「僕はミレイナとなら噂されてもいいけど。まあ、いいや。今はわかってもらえなくても。僕はそういうところも含めてミレイナのこと気に入っているわけだし」

セドリックの手が離れて、ミレイナはホッと息を吐いた。

適正な距離は心の平穏を守るのには大切だ。

彼はいつものようにソファに座ると本を開いた。

けれど、思い出したように顔を上げる。

「そうだ、ミレイナ。明日からは時間を二時間程度あけておいて」

「二時間？　なぜ？」

「社交デビューが一ヶ月後だから、ダンスの練習をしないと。もちろん先生なんだから、付き合ってくれるだろ？」

「ダンスは既に習得しているのでしょう？」

「十歳のときにね。八年前だから不安なんだ。予行練習に付き合ってよ」

セドリックがミレイナに向かって手を差し出す。

男性が女性をダンスに誘うときの仕草に似ていた。

こういうのが様になってしまうから、少し憎たらしい。そして、やっぱりセドリックはかっこいい。

きっと、舞踏会でシェリーに手を差し伸べる姿は美しすぎて卒倒する人も出てくるのではないだろうか。

つい、うっとりと手を取りそうになって、ミレイナは慌てて手を止めた。

「わたくし、ダンスは下手よ？　うまい人に頼んだほうがいいのではなくて？」

「その辺の令嬢がみんな上手ならそうするけど、そうじゃないだろ？　ミレイナくらい下手なほうがちょうどいい」

「なんだか複雑な気分。昔に比べたら少しはうまくなったのよ？」

もう相手の脛は蹴らないと思う。

昔はよく兄の脛を蹴って青あざを作り、笑いのネタとして食卓に上がったものだ。ネタになっても仕方ないと思うほど、兄の脛は一時期青あざだらけでひどかった。

最近は時々足を踏んでしまうくらいまでには上達した。

体力は相変わらずないから二、三曲も踊ればヘトヘトになってしまうけれど。

「ふーん。だったら、失敗したら罰ゲームをしよう」

「罰ゲーム？」

「そう。罰ゲームがあったほうがお互い真剣になるだろ？」

「そうかもしれないわね。どんな罰ゲーム？」

「じゃあ、決まりだ。ミレイナが僕の脛を蹴ったら、罰ゲームでミレイナから僕にキスして」

セドリックはミレイナの耳元で囁いた。

言葉の意味を理解して顔にカッと熱が昇る。

「キ、キスって……！」

「場所はどこでもいいよ。頬でも手でもさ。ね？」

可愛らしく言われてもキスはキスだ。しかも自らセドリックに……だなんて、想像しただけで恥ずかしくて彼の顔が見られない。

ミレイナは思わず自身の顔を両手で覆った。

「そんなの無理よ」

「なんで？　別にここにしてほしいなんて言わないよ」

セドリックは親指の腹で自身の唇をなぞる。その色気のある仕草に、ミレイナは見たことを後悔した。

彼は自身の魅力をまったく理解していないと思う。理解していたら、こんな危うい提案はしないだろう。

「ほら、上手になったんだったら脛を蹴る可能性なんてないだろ？　ただ、ドキドキとワクワクがほしいだけだって」

ミレイナは小さく頷いた。たしかに、最近では脛を蹴ることはほぼなくなっている。確率でいったらほとんどゼロに近いのだ。

セドリックがミレイナの手を握った。

「……だめ？」

推しに可愛らしく聞かれて、「だめ」と返せる人間がいるだろうか。ミレイナは目をぎゅっと瞑って彼の視線から逃れたあと、小さく頷いた。

「いいわ。その代わり、セドリックが失敗したら……」

「失敗したら？」

どんな罰ゲームがいいだろうか。天才と言われる彼のことだ。ダンスの練習で失敗することはない。だから、これはただのお遊びで、本当に行うわけではないのだろう。

でも、万が一ということもある。

「そうだわ。セドリックが失敗したら、ファーストダンスの他にもう一人と踊るというのはどう？」

原作でセドリックは社交デビューの舞踏会でシェリー一人と踊ると、さっさと会場を後にしてしまったのだ。

彼を狙っていた令嬢は数知れず。その後シェリーが目の敵にされたのは間違いない。

しかし、ダンス相手が二人に増えればきっと無意味ないじめはなくなるはずだ。

（いいアイディアだわ。社交界編であらすじどおりことが進むと可哀想だもの）

数ヶ月前まで平民だった令嬢が、日々荒波に揉まれてきた都会の令嬢と渡り歩くのには無理がある。だから、彼女は令嬢たちのいじめに苦しむことになるのだ。

セドリックは少し不満そうに顔をしかめた。

「舞踏会は二人どころかたくさんの人と踊るものだろ？　そんな賭け意味ないと思う」

「あら。わたくしに『ファーストダンスだけやって逃げてくれれば？』という助言をした人の言葉とは思えないわ。どうせ、セドリックのことだから一曲踊ったら逃げるつもりでしょう？」

彼は不機嫌そうに顔を逸らした。いつもの顔に戻って少しホッとする。最近ミレイナを見るとき、少し雰囲気が変わって胸がざわつくことが多かった。

こういう風に拗ねているほうが彼らしくて安心する。

「……六年も前の話を覚えているなよ」

「セドリックとの大切な思い出だもの。忘れるわけないじゃない」

推しとの一日一日を忘れるはずがない。彼の言葉、仕草、表情。全部日記に書き留めてあるし、何度も読み返している。

「それは反則……」

セドリックが小さく呟いた。ミレイナはうまく聞き取れなくて首を傾げる。

「なんでもない。まぁ、いいや。失敗しなければいいだけの話だ」

セドリックはそれだけ言うとそっぽを向いた。耳が赤い。

そんなに、二曲もダンスを踊るのが嫌なのだろうか。

◇◆◇

いつもは楽しみだったセドリックとの時間。ミレイナは初めて緊張していた。あまりよく眠れなかったのは、あの賭けのせいだろう。

『脛を蹴ったらミレイナからのキス』

セドリックからは何度か受けてきた口づけ。──もちろん唇以外だけれど。それだけでも驚いたし、恥ずかしかった。不意打ちでもあんなに胸がドキドキしたのに、自分からと想像すると、その心臓も止まってしまいそうだ。

昨夜は何度も想像してしまっては身もだえてしまう。嫌なわけではない。だって、相手は前世から推してきたヒーローなのだ。

この世界で指先や頬へのキスは挨拶のようなものだということは知っている。高貴な令嬢や婦人が紳士や騎士から指先へ口づける挨拶を受けているところを、幾度となく見ているからだ。

しかし、ミレイナはそういう機会に恵まれたことはなかったし、口づける相手といえば、家族ばかりだった。

セドリックは弟のような存在だ。けれど、本当の弟ではない。

家族と同じようにはいかないだろう。

(殿下にとってはお遊びかもしれないけど、わたくしにとっては一大事だわ)

脛を蹴るなんて失敗、最近ではしていない。けれど、もしかしたらという心配が頭をぐるぐると回る。

セドリックの脛に青あざを作ることも大問題だし、彼にミレイナから口づけるというのも大変な話だ。

家族が聞いたら卒倒するかもしれない。

（どうにか回避しないとっ！）

そう意気込み、ミレイナはセドリックの下へと訪れた。来て早々、王宮の侍女に案内されたのはいつもとは違う場所だ。

舞踏会の会場となる大きなホールだった。

そして、ダンスの練習のためだけに用意されたオーケストラを前に、ミレイナは顔を引きつらせる。

「音がないと練習にならないから」

「だからって、全員用意することはなかったと思うのだけれど……」

本番さながらの数が揃えられている。練習ならば主旋律を弾いてもらうだけで十分だと思うのだ。それともこれが王室流なのだろうか。

「お嬢様、お気遣いなさらず。我々も舞踏会までに練習をしなければなりませんから。殿下のおかげで本番と同じ環境で練習ができて光栄です。舞踏会までのあいだ、よろしくお願いします」

指揮者の男が深々とミレイナに頭を下げる。

「もしかして、一ヶ月毎日ここでダンスの練習を？」

「もちろん。ミレイナも付き合ってくれるだろ？」

「……構わないけれど、わたくし一人では一時間も付き合えないと思うわ」

自慢ではないがミレイナは体力がない。兄夫婦の息子である甥と一緒に遊んでいても、途中でバテてしまい、甥に気遣われるほどなのだ。

セドリックはストイックな面があるから、彼の要求には応えられる気がしなかった。

「休み休みでいい。それに、僕が頼める相手はミレイナしかいないし」

少し寂しそうに言うものだから、ついミレイナは「わたくしに任せて！」と言ってしまうのだ。

「ありがとう。では、ひとまず一曲いかがですか？」

彼は本番のようにミレイナに手を差し出した。差し出された手を見て、彼の成長を感じずにはいられない。

最近になってどこもかしこも子どもらしさがなくなっていた。

前世で好きになったときと同じ姿だ。背伸びしている子どもではなく、大切な人を守ることのできる大人へと成長している。

だからだろうか、仕草一つ一つにドキドキしてしまう。

ミレイナはセドリックの手を取りながらも、彼の目を見ることができなかった。

曲が流れる。聞き覚えのある音楽に自然と身体が動いた。

「ミレイナはダンスのとき、どんな話をするんだ？」

「聞かれた質問に答えるくらいよ」

「今みたいに？」

「ええ」

元々ダンスがうまくない。あまり話に集中すると、相手に怪我をさせかねないからだ。

「この前の金の奴とも？」

「金の……ああ、フレソンさんね」

アンドリュー・フレソン。彼は綺麗な金髪だったからか、セドリックは彼を『金の奴』と呼ぶ。

セドリックは記憶力がいいから、彼の名前を覚えていないわけではないと思うのだけれど。

（もしかして、フレソンさんが嫌いなのかしら？）

セドリックは社交界にデビューしていないとはいえ、第三王子だ。侯爵家の跡取りだから面識くらいはあるのかもしれない。

「名前まで覚えてるなんて珍しいじゃん」

「そのくらい覚えているわ。わたくしだってもう大人なのよ」

紹介された人の名前と顔くらい一致する。以前は前世の記憶が邪魔していたせいか、西洋人の顔はどれも同じに見えていたのだ。

最近ではようやく、特徴で覚えられるようになった。

ステップを間違えそうになって、足がもたつく。

セドリックの手がミレイナの腰を支えてくれなければ、転んでいたかもしれない。

「ありがとう」

「これくらいなんともない」

「練習の必要なんてないじゃない」

「そんなことはない。王子には完璧が求められるんだ」

一曲で逃げようとしている王子の言葉とは思えない。ミレイナは肩を揺らして笑った。

社交デビューすればセドリックは忙しくなるだろう。彼は頭もよくて剣術にも優れている。原作でも彼は忙しくしていた。

物語自体はヒロインのシェリー目線で話が進むので、どんな仕事を任されていたのか詳しくはわからないけれど。

セドリックの社交デビューが終われば、教師としての任も解かれることになる。会う口実がなくなるのだ。

ならば、この一ヶ月くらいはダンスの練習という名目で、推しを間近に楽しむのも悪くないと思った。

ついでにダンスも上達すれば、今後の婚活にも活かせるのではないだろうか。

(思えば、殿下とダンスができるなんて役得よね?)

原作の中で、彼はシェリーの手しか取らない。他の令嬢に興味を示すこともなければ、愛想笑いもしなかった。

本来ならシェリーにしか見ることのできない光景を、堪能できるのだ。

ミレイナはセドリックを見上げてうっとりと頬を緩めた。これこそ、至福の時ではないか。

(今を思う存分楽しまなくちゃ)

彼の顔に見とれていたせいか、またステップを間違えて彼の足を踏んだ。

「あっ！　ごめんなさい」

「ミレイナはもう少しダンスに集中したほうがいいかもね」

セドリックは心の中でも覗けるのだろうか。恥ずかしさのせいか、運動したせいか頬が熱い。

一曲終わってホッと息を吐き出した。

「こんなにダンスが下手とは思わなかった」

「……だから言ったじゃない。下手だって」

ミレイナは小さく頬を膨らませた。確かにセドリックとダンスをしたのは初めてだ。

実はセドリックから過去に何度かダンスの練習を頼まれたことがあった。しかし、推しに怪我をさせるわけにはいかないと、断り続けていたのだ。

そのときにミレイナが驚くくらいダンスの才能がないことは伝えてあった。

「嘘だと思ってた。断る口実なんだって」

「断るためなら、もっと上手な嘘を考えるわ」

オーケストラは二曲目の練習に入ったようだ。しかし、ミレイナは息が上がって、ダンスをするのは難しそうだった。

昨日、あまりよく眠れなかったせいかもしれない。足に力が入らない。

すると、セドリックがミレイナを抱き上げた。

「で、殿下っ!?」

「疲れてるんだろ？　休憩しよう」

「自分で歩けるわ！」

「嘘。足が笑ってる」

セドリックは不機嫌そうにまっすぐ前を向く。

こうなると、ミレイナにできることは極力彼の迷惑にならないように、静かに身を任せることだけだった。

心臓の音がうるさい。いきなり運動をしたせいだろうか。

いつもより駆け足な心臓はなかなか落ち着いてはくれなかった。

(最近、殿下がおかしいせいだわ……)

セドリックは推しであり、弟のような存在だ。いつか、シェリーの手を取ることだってわかっている。それなのに、こんなにドキドキするのは、積極的なセドリックのアプローチのせいに決まっている。

ミレイナは熱くなる頬を押さえた。

◇◆◇

練習三十日目。舞踏会は明日に差し迫っている。オーケストラのメンバーも気合いが入っているように思う。

セドリックとミレイナのダンスの練習は毎日、一時間続いた。最初は二、三曲でバテてしまっていた身体も、少し曲数が増えても大丈夫なようになった。

一回の夜会でそんなにダンスをしたいとは思わないが、体力がついたことは素直に嬉しい。

そして、ほんの少しだがダンスが上手になったような気がする。セドリックの足を踏む回数は減ったし、ステップを間違えることもあまりなくなった。

ミレイナにとって大きな進歩だ。

幸い、ミレイナはセドリックの脛を蹴っていないし、彼も一度も間違えてはいなかった。

会話を楽しむ余裕も生まれたように思う。

セドリックとの会話は思った以上に楽しくて、つい会話に集中してしまって失敗することは時々あったが、他の人なら大丈夫だろう。

ふだんミレイナと一緒でも彼は本を読んでいることが多い。そんな彼の横顔を堪能することがミレイナの幸せだったので、寂しいと思ったことはなかった。

同じ空間で過ごすことのできる一時間を感謝こそすれ、つれない彼に負の感情を抱いたことはない。

しかし、ダンスの時間だけ、セドリックは積極的に話してくれるような気がする。少しぶっきらぼうなところはあるが、いつも以上に饒舌に感じた。

元々口数が多いほうではないから、なんだか不思議な感じだ。きっと、会話もダンスの一環だから、練習のつもりなのだろう。

「先日、王都に新しくカフェができたらしい」

「まあ！　そうなの？　あいかわらずセドリックは情報通ね」

「それくらい勝手に耳に入ってくる」

セドリックは今も昔もほとんど王子宮からは出ないという。テオが出かけない分、楽だと話していたのを覚えている。しかし、彼はなにかと王都の流行のものや新しいものの情報を手に入れて、ミレイナに教えてくれる。

彼はミレイナよりも情報通だ。

「どんなカフェかしら？　最近は色々な趣向を凝らしたカフェがあるらしいの」

料理の他に内装にも力を入れ、店内の雰囲気を楽しめるカフェが増えたと、義姉から聞いたことがある。

そういう洒落たカフェを好む夫人や令嬢が多いからか、貴族が出資しているという話も聞くようになった。

（明日の舞踏会が終わったら、ここには来られなくなってしまうだろうから、代わりにカフェでも巡ろうかしら？）

カフェに一緒に行ってくれるような友達はいないが、母や義姉なら付き合ってくれるかもしれない。

雰囲気が素敵な場所なら、セドリックも興味が湧いてシェリーを連れ出してくれるだろうか。

原作の中で彼は、終盤まであまり積極的ではなかった。どちらかといえばドライなほうで、読者の多くが「第二王子と結ばれてほしい」と言っていたほどだ。

ミレイナ自身はセドリックの素直になれないところが好きだったし、あまり表に見せない嫉妬や執着も推せるポイントではあったが。

近しい友人となった今なら、ミレイナのおすすめに従ってシェリーをデートに誘うことだってあり得るかもしれない。

「行ってみたい？」

セドリックの質問に、ミレイナはターンをしながら頷く。

「ええ。行ってみたいわ。今度行ってきたら、どんなところか教えてあげるわね。――きゃっ」

返事をした瞬間、セドリックがミレイナの手を取り損ねて体勢を崩してしまう。転びそうになったが、間一髪のところでセドリックが抱き留めてくれたから尻餅をつかずに済んだ。

「もうっ！　びっくりしたわ」

「……ごめん」

「セドリックでも失敗することがあるのね」

ミレイナはずっとセドリックが完璧な王子様だと思っていた。けれど、少し抜けたところもあるようだ。少しだけ親近感が湧く。

ミレイナは肩を揺らして笑った。

「賭けはわたくしの勝ちね」

「あれはただ少し驚いただけで……」

「はいはい。でも賭けは賭けよ。ファーストダンスの他にもきちんと踊ること」

ミレイナはセドリックに小指を突き出す。彼は忌々しそうにミレイナの小指に自身の小指を絡めた。

「……最悪だ」

「あら、本当ならもっとたくさん踊ったほうがいいはずよ。それを二曲で済ませられるならいいじゃない」

「まったくありがたみを感じない」

本人は一曲で逃げようとしていたのだからそうだろう。彼は大きなため息を吐いた。

「で、誰と行く気なんだ？」

「……どこに？　今日は何も予定はないわ」

セドリックの言葉にミレイナは首を傾げた。

「今日じゃなくて、カフェ」

「カフェ？」

「行ったらどんなところか教えてくれるんだろ？」

「ああ……。誰とって……。お義姉様か、お母様か……。もしかして、わたくしにお友達が少ないからって揶揄っているの？」

たしかに友達は少ない。少ない上に、一緒にカフェに付き合ってくれるような親しい関係となるとほぼゼロに等しかった。

そんなミレイナを心配して、両親が年の近い子と仲良くなれるような機会をつくってくれているが、気の置けない仲になるほどまでは進展したことがない。

「揶揄うつもりはなかった。ごめん」

「いいわ。お友達が少ないのは本当のことだもの」

「誰もいないなら、僕が連れてってやる」

「セドリックが？　でも、社交デビューしたら忙しくなるでしょう？」

「そんなのどうにでもなる」

「なら、時間ができたら連れて行ってもらおうかしら」

ミレイナは「楽しみだわ」と笑った。

しかし、セドリックは満更でもなさそうに笑っている。

きっと、この約束は果たされることはないだろう。

明日をすぎれば、セドリックの中心はシェリーになる。

そう思うとなんだか少しだけ、悲しい気がした。

第六話　ファーストダンスの行方

　セドリックの社交デビューの予定が早まった関係で、社交界は騒がしくなっていた。

　王宮の舞踏会で社交デビューできるのは、王族のみという慣習があるためだ。セドリックがデビューする舞踏会に子息を参加させるためには、舞踏会の前にある夜会で社交デビューさせる必要がある。

　しかし、急いで社交デビューさせるにしても、格式ある夜会を選びたいと思うのが貴族なのだろう。

　舞踏会までの一ヶ月で開かれた夜会で、上位貴族が主催した夜会は多くの人で賑わったらしい。本来ならば婚活のため、ミレイナも参加したかった。しかし、連日のダンス練習の疲れから、夜会になど行くことはできなかったのだ。

　しかし、ダンスの練習はセドリックのために必要なこと。

　一日たりとも休むわけにはいかなかった。

　結果、ミレイナの婚活はまったく進むことなく、王宮の舞踏会の日になってしまったのだ。

「お嬢様、ほんっとうに素敵です！」

「ありがとう。けれど、こんなに派手なドレスで参加していいのかしら？」

「何をおっしゃいます！　第三王子殿下のパートナーとして参加するんですよ!?　いつもみたい

に『適当で』なんて許されません！」

　アンジーの強い言葉に他のメイドたちも頷き合っている。

「主役は殿下よ。わたくしはオマケでしょう？」

「オマケだからといって、殿下の服の装飾が適当だったらお嬢様は怒るでしょう？」

　たしかに。とミレイナは頷いた。オマケと言えど、セドリックと登場から一緒なのだ。ミレイナはずっと前にデビューした、いわば先輩。エスコートは男性がするものだけれど、実質ミレイナがエスコートするようなものだろう。

「そうね。そうよね。わたくしもオマケとして胸を張って着飾らないとだめね」

「そうです。ですから、もう少しチークを足しましょう。最近はほてり風のメイクがトレンドだそうですよ」

「メイクにも流行があるのね。難しいわ」

「ご安心を。そういうことは私が調べておきますから」

「アンジーは本当に頼もしいわ」

　ミレイナは瞳を潤ませてアンジーの手を取った。アンジーが流れる前に溜まった涙を拭う。

　こういうとき、しっかり者のアンジーがいることでどんなに助かったことか。感謝を伝えてもまだ伝え足りない。

「第三王子殿下がデビューなさったら、これから社交界は賑わいますね」

「ええ、そうなの。恋を知らない殿下も、とうとう恋する時期がくるのよ」

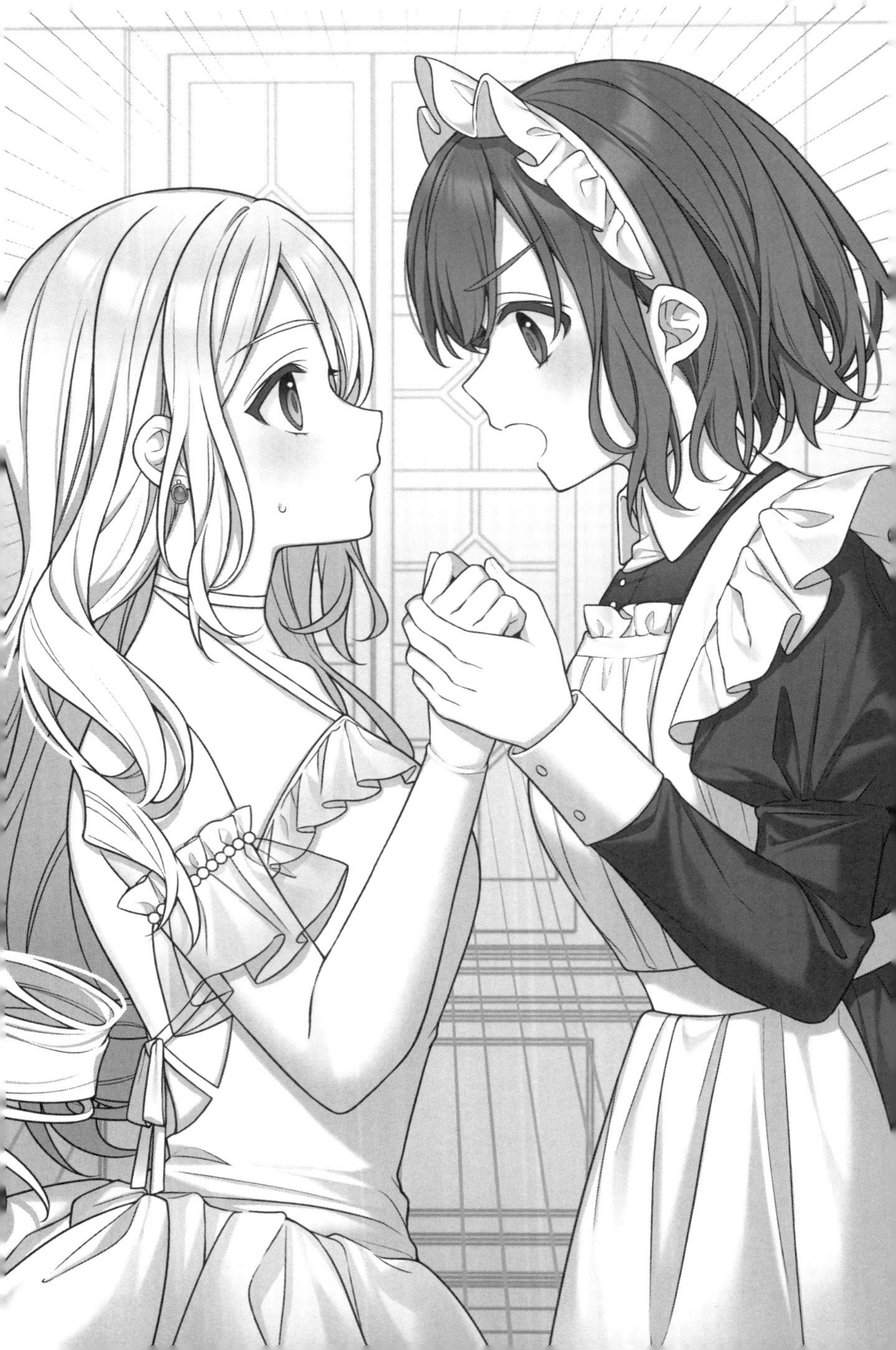

「殿下が……ですか？」

アンジーは首を傾げる。

アンジーも不思議なのだろう。あの、人間に興味がないセドリックが恋をするなど想像できないから。

ミレイナだって、前世の記憶がなければにわかには信じられないことだ。王子宮に引きこもり、友達の一人も作ろうとしない彼が恋をするなんて。

この先の未来で、シェリーと恋仲になったことを知ればアンジーもうんと驚くだろう。そのときは彼女に言うつもりだ「言ったとおりだったでしょう？」と。

「お嬢様、イヤリングはこちらでいかがでしょう？」

「あら、素敵なアメジスト。わたくしの好きな宝石だわ」

特にこのアメジストはセドリックの瞳によく似ている気がする。

推しの色をつけると、いつもよりも気合いが入るのは気のせいだろうか。前世の血が騒ぐからかもしれない。

「奥様がお嬢様にとくださった装飾品の一つですよ。お好きかと思って用意しました」

「まあ！　そうなのね。お母様にあとでお礼を言わないと」

ドレスや宝石の類いに関してはあまり興味がないため、アンジーに一任している。しかし、推しの色が入っているとなると話は別だ。このイヤリングは一軍入りにしようとミレイナは心に決めた。

ミレイナは鏡の前でくるりと回って見る。

白地を基調とし、爽やかな青を入れたドレスがふわりと広がった。舞踏会の華やかさに合わせてか、大胆に背中が開いていて少しだけスースーする。けれど、青の繊細なレースが艶やかな白の生地に映えて、どこもかしこも美しい。

シェリーみたいなとびきりの美人が着れば、もっと映えたことだろう。けれど、今日はセドリックのオマケとしてあまり卑下するわけにはいかない。

「今日は練習の成果を見せてきてくださいね」

「ええ。ダンスに誘ってくれる殿方がいらっしゃるといいのだけれど」

「大丈夫です。必ず一人はいますから」

アンジーの自信はどこからくるのだろうか。昔からミレイナのことを慕ってくれているせいか、ミレイナに対する評価が甘めなのだ。

ミレイナは期待と緊張を胸に、王宮へと向かった。

セドリックとは王子宮で待ち合わせて行くことになっている。セドリックのことだから、準備を既に終えて、暇潰しに本でも読んでいるかもしれない。

正装でソファに座り読書に明け暮れる姿を想像して、ミレイナは肩を揺らした。

しかし、ミレイナが通されたのはいつもの部屋ではなく応接室だ。ここは最初に彼と出会った思い出の場所でもある。

『僕には教師など必要ない』とぴしゃりと言われた八年前が、昨日のことのように思い出された。

あのころのセドリックはまだ幼く、可愛らしかった。

思い出に浸っていると、セドリックの従者であるテオが応接室に現れた。

「お待たせいたしました。殿下の準備が整いました」

テオに促されセドリックが応接室に入ってきた。

青の上着に、白いパンツ。左肩になびくペリース。金の装飾がふんだんに使われた正装だ。

目の前に立っているのは、ミレイナがずっと思い描き続けてきたままのセドリックだった。

太陽の光を浴びて、黒髪に紫が混じる。

見惚れて言葉が出ないくらいだった。

「ミレイナ、綺麗だ」

セドリックに見下ろされ頬に触れられてようやく、正気を取り戻す。

「あ、あら。大人の仲間入りをするとお世辞まで言えるようになるのね」

それくらい、セドリックの褒め言葉は珍しい。いつもツンケンとしていて、それはそれで可愛いのだが大好きな推しに褒められるのは別腹だ。

(もしかして、今まで頑張ってきたことへの神様からのご褒美かしら？)

あまりにも嬉しくて、頬を緩めた。

「殿下もとっても素敵よ。いつもの格好もいいけど、こういう正装も似合うのね」

「窮屈でいやだけど、ミレイナが好きって言うならこれからも着てやる」

「まあ！　嬉しい」

首元のボタンまでしっかりとしめているせいなのだろう。セドリックは長い指を襟の中に入れると、息苦しそうに引っ張った。

「窒息しそうだ」

セドリックはため息を吐く。そんな姿すら麗しくて目の保養だ。

頬が緩まないように気をつけてはいるが、難しい。今日はずっと緩みっぱなしだと思う。

八年前、この部屋で会ったときも少し息苦しそうに、不機嫌な顔をしていた。

セドリックはミレイナの視線に気づいたのか、眉根を寄せる。

「顔に何かついてる？」

「感慨深いなーって。初めて会ったときはわたくしより小さかったのに……」

「……そんなに変わらなかった」

「あら、これくらいは小さかったわ」

ミレイナは右手で自分の眉のあたりを示す。

少し上目遣いで睨みつけるような紫の瞳が可愛らしかったのを覚えている。

時は流れ、もう八年。セドリックとの毎日は長いようで短かった。

(今日で終わりだなんて寂しいわ)

一人で感傷に浸っている場合ではない。セドリックにとっては今日が門出となるのだから。

ミレイナは右手をセドリックの頭の高さまでうんと伸ばす。

「それがこーんなに大きくなるんだもの。今日は感動して泣いてしまうかもしれないわ」

社交デビューに特別な式典があるわけではない。それは王族も一緒だ。

大人たちの仲間入りをするというだけで、基本は挨拶に回り、ダンスを踊るくらいだった。

セドリックは王族だから挨拶回りすら必要ない。黙っているだけで自動的に来てくれる。

彼は伸ばしたミレイナの手を掴むと、不機嫌そうにそれを下ろした。

「子ども扱いするな」

「怒らないで。そんなつもりじゃなかったのよ」

「次、子ども扱いしたら……。その口、塞ぐから」

セドリックはミレイナの鼻先を犬のように甘噛みする。

「きゃっ！　殿下、そういうのはだめって言っているじゃない」

「ミレイナがずっと子ども扱いするからだろ。僕ももう十八だ」

そういうところがまだまだ子どもなのだと言ったら、怒られてしまいそうだ。

ミレイナは噛みつかれた鼻を撫でる。

「もうっ……。化粧がよれてしまったわ」

側に控えていたアンジーが慌ててお粉をはたいてくれたおかげで、事なきを得た。もし、アンジーがいなかったら、ミレイナは鼻の頭だけ化粧が取れた間抜けな状態で舞踏会に出なくてはならなかったのだ。

「別にそのくらいでミレイナの価値が変わるわけじゃないだろ」

「わたくしは殿下のパートナーとして、今日は完璧な姿で参加したいの」

推しの社交デビューにケチをつけたくない。最高のオマケとしてセドリックの引き立て役になるのが目標だ。

セドリックがわずかに頬を緩ませる。ほんの少しで見逃しそうなほどだったけれど、とても嬉しそうだ。

幼いころからセドリックは完璧主義なところがあったから、パートナーにも完璧でいてほしいのだろう。

（アンジーの言葉を聞いておいてよかったわ）

ミレイナは嬉しくなって、イヤリングを触った。

セドリックの瞳の色によく似たアメジストのイヤリングだ。

「そのイヤリング、初めて見たやつだ」

「殿下ったらそんなことまで覚えているの？」

「それくらい普通だろ？」

十歳で王族が習うすべての勉強を終えたセドリックなら普通かもしれない。しかし、たかがミレイナのイヤリングまで覚えているものだろうか。

似たような色や形のイヤリングはたくさんある。正直、ミレイナですら把握できていないほどだ。

「素敵な色でしょう？　いただいた物なのよ。お気に入りなの」

ミレイナは満面の笑みを浮かべたが、セドリックは身体を硬直させた。

「殿下？」

突然のことに首を傾げる。

「だ――……」

「殿下、ミレイナ様、そろそろお時間です」

「まあ！　もうそんな時間？　殿下、会場に向かいましょう」

ミレイナはセドリックの手を握った。言いかけていた話はあとで聞こう。今は何よりも、彼が社交デビューを華々しく飾ることが大切なのだから。

◇◆◇

会場の入り口に到着してもなお、正装のセドリックはいつも以上にかっこよくて、つい何度も見上げてしまう。そのたびに彼と目が合って、微笑んだ。

「さっきから顔、緩んでる」

セドリックがミレイナの頬を指先でつつく。そんな風に触られたら、あとでアンジーに怒られるのはミレイナだというのに。

「仕方ないじゃない。殿下の正装姿がとってもかっこいいんですもの」

今日のセドリックに見惚れない人はいないだろう。

ミレイナは洗練された彼の美しさに、うっとりとして見とれた。

セドリックはミレイナの肩を抱くと、難しい顔で言った。

「今日はずっと僕の隣に立っていること」

「もちろん、パートナーですもの。置いていかないわ」

セドリックが疑いの眼差しを向ける。

そんなに一人にされないか不安なのだろうか。

（そうよね。いつも余裕そうに見えても、殿下にとって今日が初めての社交場ですもの）

不安になるのも仕方ないことだ。ミレイナは満面の笑みでセドリックを見上げた。

王宮の舞踏会は年に数回開催される。決まっているのは建国記念の一回で、それ以外は祝い事などがあると適宜開催される。

最近では国王の誕生を祝う舞踏会が、毎年行われている程度だろうか。

歴史を紐解くと、王太子の結婚相手を探す舞踏会が開催されたこともあるのだとか。

どこかで読んだ物語のような話だ。

王族の社交デビューの場は、国内の貴族はみんな招待される。

王宮で開催される舞踏会ほど、貴族の婚活の場として最適な場所はない。

今年は第二王子と第三王子のセドリックが未婚で婚約者もいないため、大いに盛り上がることだろう。

（わたくしもお相手を探す余裕はあるかしら？）

しかし、セドリックを置いて、一人だけ婚活にいそしむわけにはいかない。

それに、今日は彼とシェリーのダンスがあるはずだ。ダンスシーンの鑑賞は絶対に外せない。

己の婚活よりも二人のダンスシーンを間近で堪能するほうが優先される。

婚活を進めるのは、もう少し先になりそうだと思った。

「セドリック第三王子殿下、ならびにミレイナ・エモンスキー公爵令嬢」

ドアコールマンが二人の名を呼ぶ。

セドリックのエスコートで会場に入った。

中央の入り口から入場して、貴族たちの真ん中にできた花道をセドリックと共に通るのだ。そこまでがミレイナの最初の役割だった。セドリックとは両親が待つ、先頭でわかれることになる。その先にある階段を上るのは、王族のみが許されているからだ。

彼はいつも以上に何を考えているのかわからない顔で、まっすぐ前を向いていた。その表情から不安や恐怖のようなものは感じられない。

ミレイナが心配する必要などないほどの落ち着きようだ。

しかし、セドリックとは反対にミレイナは緊張で身体を強ばらせた。

元々社交場にもあまり顔を出さないのに、こんなに注目を浴びているのだ。緊張しないわけがない。左右から突き刺さる視線。みんなセドリックを見ているのだということはわかる。けれど、おこぼれでもらう視線すら息苦しさを感じた。

「見ろ。あの男、腹のボタンが取れてる」

セドリックが耳元で小さく言った。彼の視線を追って、男を見ると、大きなお腹の真ん中にあるボタンが取れ、中の白いシャツが顔を出していた。

ミレイナは思わず笑った。男のセドリックを見る真剣な面持ちとのギャップが面白い。

「笑わせないで」

「ミレイナがむすっとしてるから」

「もうっ……。真面目な席で思い出して笑ったら、どうしましょう」

「別に、少しくらいなら大丈夫だろ。それよりも、人が多くて疲れた」

セドリックがため息を吐く。

「まだ始まってもいないわ」

しかし、疲れているのはミレイナも同じだった。ミレイナの場合は気疲れのほうが大きいが。

二人とも引きこもり体質なので、思うところは同じようだ。

「はあ……。帰りたい」

「わたくしも……」

二人は顔を見合わせて小さく笑った。

セドリックのおかげで少しずつ周りを見る余裕が出てきた。

「ミレイナ。疲れたから、やっぱりファーストダンスだけで……」

「だめよ。二曲は約束だわ。二曲だって少ないくらいよ」

彼の疲れた気持ちは理解できるが、賭けは賭けだ。ミレイナも毎日彼の脛を蹴らないかと不安でいっぱいだったのに、今更なしにはできない。

それに、みんながセドリックと話したいと思っている。セドリックと同じ年のころの令嬢たちは期待の眼差しで彼を見つめていた。みんなに彼のよさをもっと知ってもらうためにも、この会場に彼を長く留めておかなくては。

（殿下はかっこいいから当たり前よね）

誇らしい気持ちになる。自慢の推しが好かれる姿が嬉しくないわけがない。

ミレイナの両親が待つ場所に辿り着いたが、セドリックはなかなか手を離さなかった。

ミレイナは首を傾げる。

「殿下、どうしたの？　階段を上らないと」

階段を上り、王族が待っている席までいかなければ宴は始まらない。

セドリックは不服そうに顔を歪めた。

「頑張って」

「ああ。またあとで」

セドリックはミレイナの手を引くと、指先に唇を落とした。

ミレイナは目を丸めた。そして、会場がざわめく。

そんな行動、予定になかったはずだ。

指先へ口づけることは挨拶としては問題ない。ただ、目上の女性への挨拶として使われることが多いのだ。王子が一介の令嬢にするような挨拶ではない。

セドリックの意図はわからない。ミレイナがセドリックの師であると、周囲に意識させるものなのか、それとも他に何かあるのか。

ミレイナが何か言う前に、セドリックは背を向けた。家族の下へと階段を上っていく。

兄がミレイナにそっと耳打ちした。

「おまえら、とうとう婚約したのか？」

「お兄様ったら、そんなわけないでしょう？　冗談でも言ってはだめよ。殿下の恋はこれから始まるのですもの」

「その言葉を殿下が聞いたら怒ると思うけどな」

兄は肩を揺らして笑った。

たしかに人嫌いであるセドリックに、恋をすると言えば怒るだろう。

けれど、彼が生涯人嫌いであるわけではない。

原作でセドリックはシェリーによって人との関わり方や愛を知る。

人生何があるかわからない。

「お兄様は殿下のことを全然わかっていないのよ」

「一番わかっていないのはミレイナだと俺は思うがな」

「わたくしが一番、殿下の近くにいるのに？」

「近すぎて見えないことってあるよな」

兄妹で睨み合っていると、義姉がそっと二人を制す。

ちょうど国王の挨拶が始まるところだった。

つい、彼に口づけされた指先を見てしまう。

最近のセドリックはおかしい。

ミレイナのことを好きだと言わんばかりの立ち振る舞い。

そのたびにミレイナの心臓は張り裂けそうになって困っているというのに、彼は構わずに迫ってくる。

もしかしたら、彼はミレイナのことを好きなのかもしれない。けれど、シェリーという運命の相手がいる以上、受け入れることはできるわけがない。

考えなしに彼の手を取った後、「やっぱりこの感情は恋じゃなかった」と言われたら。ミレイナは立ち直れないだろう。

彼が幸せになれる場所を知っている。そこに導くことができるのは、ミレイナだけなのだ。

ミレイナは国王の言葉も、ずっと楽しみにしていたセドリックの挨拶も耳には入って来なかった。

階段の上から伸びる視線。セドリックはずっとミレイナから目を離さない。別の場所を見ていても、彼の視線を痛いほど感じる。

（もうっ……！　他に見る場所がないからってあからさまだわ）

セドリックは今まで人との関わりをできるだけ避けてきた。貴族の知り合いなど、長年従者として側にいるテオや、ミレイナくらいだろう。

貴族の列の中で前に並ぶミレイナを見てしまうのは、彼にとっては必然なのかもしれない。

しかし、ずっと見つめられていると、他の人から勘違いされてしまいそうだ。

まるで、相思相愛の恋人同士のようではないか。

(はやくダンスが始まってほしいわ)

ダンスが始まってしまえば、セドリックもミレイナばかり見ていられなくなるだろう。

まずは、セドリックがファーストダンスの相手を選ぶシーン。

原作でもあった場面だ。

国王に促され、誰か一人を選ぶ。そこでセドリックは、一番地味なドレスを着ていたヒロインのシェリーの下へとまっすぐ向かったというシーンだ。

ミレイナは会場を見回した。

(シェリーはどこかしら?)

原作では病気の娘の代わりとして子爵家に引き取られる。しかし、資産のほとんどを本当の娘の治療に充てているため、シェリーのドレスは義母のお下がりの古びたドレスだったはず。

(いたわ!)

後ろのほうに古びたドレスの少女が立っていた。

(近くで見ても可愛らしかったけど、遠目から見ても美少女なのがわかるわ)

古びたドレスなんてどうでもよくなるほど、光り輝いているように見えた。

原作での舞踏会は、セドリックとシェリーが何度も顔を合わせたあとに開催されている。

セドリックは後々「顔見知りだったし、一番無害そうだったからという理由で選んだ」と語る。

しかし、実際は彼の照れ隠しなのではないかと思うほど、本物のシェリーは愛らしかった。

ミレイナが男だったら、シェリーに恋していたに違いない。

それくらい破壊力のある美少女なのだ。

あの二人が見つめ合ってダンスをする姿はさぞかし美しいだろう。

想像するだけで期待に胸が膨らむほどだ。

（二人の姿を間近で見られるなんて、最高の推し活だわ）

オーケストラが準備を始めている側で、ミレイナは妄想に忙しかった。セドリックが国王の指示で階段を下りる。

高い場所からなら、後ろのほうまでしっかりと見えているはずだ。あれだけ輝いているシェリーを見つけられないわけがない。

しかし、セドリックはまっすぐミレイナを見つめ、階段を下りてくる。ミレイナは、シェリーの居場所を示すように視線で奥を指した。

けれど、彼にミレイナの意図は伝わっていないようだ。

まっすぐミレイナを見つめたまま、ミレイナの前で止まる。

「ミレイナ嬢、よろしければ一曲お相手を」

セドリックがミレイナに手を差し出した。彼の落ち着いた声が、会場に響く。

「で、でも……」

「ファーストダンスは普通パートナーがするものだろ？」

シェリーがいる場所に視線を巡らせる。

しかし、シェリーは場所を変えたのか、既にいなかった。

横に立っていた兄がミレイナを小突く。

「ミレイナ、殿下をあまり困らせるなよ」

シェリーがだめなら、王妃や王女は……と思い、階段の上に視線を向けた。しかし、王女は興味なさげに他の場所を見ている。

王妃に至っては、「問題ない」とでも言いたげに満面の笑みをミレイナに向けた。

「ミレイナ……だめ？」

セドリックが不安そうな、そして甘えるような顔でミレイナを見る。

ふだんは見せない表情に、ミレイナの胸がきゅっと締まった。

そんな表情を、今まで見たことがあっただろうか。

つい、彼の手を取ってしまったのだ。

この役目はシェリーに渡さないとと頭ではわかっているのに。

「よろこんで」

なぜ、セドリックの手を取ってしまったのだろうか。

この手を取れば、彼と二人きりで踊ることになるということを知っていたのに。

大勢が見守る中、会場の真ん中で。

デビュタントがいる場合、一曲目はデビュタントが飾ることが慣習になっている。いつからのことなのかはわからない。少なくとも、ミレイナの両親が子どものころには当たり前にあったという。

貴族たちがデビューするような他の夜会であれば、デビュタントは数名いる場合が多いから、何組もまとまって一曲目を踊るのだ。

しかし、今日のデビュタントはたった一人。セドリックだけだ。

彼のエスコートで中央まで歩く。視線が集まるのにも慣れてきたけれど、気を抜くと右足と右手を同時に出してしまいそうだった。

（ここまできたら、女は度胸よ！　しっかりしないと！）

ミレイナの失敗がセドリックの評価に繋がる。「こんな出来の悪い娘から八年も何を教えてもらっていたの？」と言われたら大問題だ。

優雅に……できているかはわからないけれど、礼儀作法の講師の言葉を頭で反芻しながらミレイナは歩いた。

「そんなに意識したら逆に失敗すると思うけど」

セドリックが小さく笑う。

彼は緊張などしていないようだ。いつもの涼しい顔でミレイナを見下ろしている。

彼はデビュタントとは思えないほど落ち着いていた。

「これじゃ、どっちがデビュタントかわからないな」

「もうっ。普通はこんなに視線を集めないものなのよ」

「ミレイナだって公爵家の令嬢なんだから、もう少し慣れたほうがいいと思うけど」

彼は肩を揺らして楽しそうに笑った。

「そんなに笑っていたら出だしを失敗するわ」

「大丈夫。毎日練習したから身体が覚えているさ」

彼の表情は自信に満ちていた。毎日本番と同じオーケストラを使って一時間みっちり練習したのだから、彼の言い分はもっともだ。

重ねた手も、腰を支える手も馴染んでいる。ピタリと身体をつけて向き合うと、周りなどどうでもよくなってしまった。

目の前で笑みを浮かべる推しがいたら、周りなど些細な問題にすぎないと思うのも仕方ないと思う。

ここ一ヶ月で見慣れるかと思ったが、彼の麗し度は毎日記録を更新中だ。長い睫毛が数えられそうな距離にいることで心臓は駆け足になる。

彼がダンスをしている姿を客観的に見たいと願ってひと月、結局まだ見ることができていない。

チャンスは二曲目だ。

セドリックはミレイナとの約束で、今夜はもう一曲ダンスをすることになっている。同じ人とダンスを連続して踊ることは、この国の社交界においてはマナー違反になる。なので、彼もミレイナに逃げることはないだろう。

「次は誰とダンスをするか決めているの？」

「いや。母上には断られた。……やっぱり一曲だけで」

「だめよ。賭けは賭けだもの」

「ミレイナはいいわけ？　僕がその辺の令嬢とこんな風にダンスして」

「ダンスってそういうものでしょう？」

婚約者や恋人、結婚相手がいても他の男性とダンスを踊ることは多々ある。ダンスが趣味の人は一日で何曲も楽しむ場合もあるという。ミレイナの場合は二、三曲も踊れば足が子鹿のようになってしまうから難しいけれど。

「……僕はダンスが嫌いだ」

「こんなに上手なのにもったいないわ」

彼は不機嫌な様子で言った。笑ったり怒ったり忙しい。

彼の場合、ダンスが嫌いなのではなく、人と関わることが面倒なだけだろう。ダンスには会話がつきものだ。その会話すら煩わしいと思っているきらいがある。

「さすがにわたくしとだけだと問題よ」

「なにが？」

「殿下を独り占めしたってみんなから嫌われるかも。ただでさえ少ないお友達がもっと減ってしまうわ」

ミレイナは慣れたステップを踏みながら言った。今のところ失敗もしていないし、足も踏んでいない。練習の甲斐はあったようだ。

「ね？　お願い」

セドリックに抱き留めてもらいながら、ミレイナは上目遣いで言った。

彼の眉がわずかにピクリと動く。

「……わかった。でも、約束どおり一曲だけだ」

「もちろんよ」

「ただし、その代わり、その一曲が終わったら休憩に付き合って」

「わかったわ。付き合ってあげる。王宮の舞踏会のときは庭園が開放されているでしょう？　夜はランプが置いてあってきれいなの。それを見に行きましょう？」

原作だとセドリックはダンスを一曲終えると、すぐに会場からいなくなったと書いてあった記憶がある。彼のことだから、「休憩」と言いながら部屋に戻ったに違いない。

原作どおり部屋に帰しても問題ないとは思う。しかし、ミレイナの煩悩が勝った。

夜の庭園は幻想的で美しいと聞く。そんな幻想的な場所にいるセドリックはさぞかし美しいと思ったのだ。

この舞踏会が終われば、セドリックの顔を間近で拝むことは難しくなる。今日までだと思うと、十分に堪能したいではないか。

「散歩？　二人で？」

「ええ、だめ？」

「いや、楽しみだ」

セドリックが嬉しそうに笑う。

その笑顔があまりにも神々しくて、ミレイナは足を滑らせた。

「きゃっ！」

「……っ！」

小さな叫び声を上げ、ミレイナは後ろに倒れそうになる。間一髪のところで、転びそうになったミレイナの腰を支えた。しかし、その勢いでミレイナの足が彼の脛を思いっきり蹴ってしまったのだ。

彼の眉がわずかに跳ねた。

「危ないな」

「ごめんなさいっ……！」

「大丈夫だから集中して。みんなが見てる中で転びたくないだろ？」

集中できなかったのは、セドリックの笑顔のせいだと文句を言いたかった。けれど、勝手に見とれたのはミレイナだ。文句を言える立場ではない。

ミレイナはどうにか持ち直すと、ホッと息を吐き出した。

「痛くない？」

「痛い。……ウォーレンの気持ちが少しわかった」

「ごめんなさい。悪気はないのよ」

「わかってる。でも、当分、脛のあざを見て今日を思い出しそうだ」

揶揄うような言い方に、ミレイナは反論することもできず肩を落とした。王族の、しかも推しであるセドリックの脛に傷を作るなんて。

今すぐにでも音楽を止めて逃げ出したいのに、それもできない。今日は練習ではないのだ。

(練習ではうまくいっていたのに……)

ミレイナは眉尻を落とした。

「……別に、たいして痛くなかったから、気にするな」

ミレイナが思い詰めていると、セドリックが慰めの言葉を口にする。こういうとき、彼は優しい。いつもツンケンしているのに、ミレイナが悲しんでいると手を差し伸べてくれるのだ。

優しくするのは慣れていないからか、いつもぎこちなくはあるが。

ミレイナは満面の笑みを浮かべた。

原作小説の中では、冷たくて愛を知らない孤独な王子として書かれているけれど、そんなことはないと思う。

冷たい人間が、慰めの言葉を掛けることはないだろうから。

「ありがとう」

「別に……。これくらいの怪我、剣術を習っていたときに何回もしたから」

セドリックは少し恥ずかしそうに、そっぽを向く。それでもダンスは最後まで乱れなかった。

曲が終わり、セドリックから離れて礼をすると拍手が起こる。

一世一代の大舞台だと言っても過言ではないだろう。こんなにも注目されたダンスは初めてで、まだ心臓がバクバクと鳴っていた。

ミレイナは周囲の反応を見るのが怖くて、足元の絨毯の模様をなぞる。

オーケストラが心得たように二曲目を奏で始めた。

数組の男女がダンスホールを埋めると、ミレイナはホッと安堵のため息をこぼした。ようやく、解放されたような気分だ。

「ほら、殿下も誰か誘わないと」

「……仕方ないな」

セドリックがやや不機嫌な顔で辺りを見回す。年の近い令嬢たちは期待の眼差しで彼を見つめていた。

家格の高い貴族や王族に対して、自分から声をかけてはいけないことをみんな理解しているのだろう。

ただ、期待に満ちていることだけが視線から伝わってくる。

しかし、決めかねているのか、彼は難しい顔をしながら、何度も何度も視線を巡らす。

痺れを切らしたミレイナは、彼の袖を引っ張った。

「……ねえ、あの子なんていかが？」

「どれ？」

「あの、ブルーグレイのドレスの子」

「薄ぼけた？」

「薄ぼけたなんて失礼よ。もっと言い方があると思うわ。ほら、孤児院で会ったことがあるでしょう？」

シェリーは人の陰からそっとセドリックを見ていた。けれど、誰よりもキラキラと輝いて見える。

（やっぱりヒロインはどこにいても輝いて見えるのね）

後光が差しているように見える。

この瞬間にでも恋に落ちてしまいそうなほどの愛らしさだ。

セドリックは目を細め、睨むようにしてシェリーを見た。

「孤児院……。ああ、猫の」

先日助けた子猫は、王子宮の使用人に大切に育てられている。今ではすっかり王子宮で暮らす仲間になったとテオや王子宮で働く侍女から聞いた。

ミレイナも時々撫でてはいるが、一番はセドリックに懐いているように思う。

セドリックとの時間を過ごしていると、必ずと言っていいほど子猫が顔を出し、彼の読書の邪魔をするのだ。

子猫の相手をする推しという副産物が生まれ、ミレイナの推し活は更に幸福度が上がった。

「そう。子猫を助けた優しい子よ」

「もっと他におすすめはないわけ？　ミレイナの友達でもう婚約者がいる人とか、結婚している人とかさ」

セドリックはあまり乗り気ではなさそうだ。原作では自分で選んでいたから、こういうことはすぐ決めると思ったが違うらしい。

「わたくしにお友達が少ないのは知っているでしょう？」

「そうだった。引きこもりだもんな」

「殿下には絶対言われたくない言葉だわ」

ミレイナは頬を膨らませて抗議する。しかし、鼻で笑われるだけだった。

（どうしたらシェリーの下に導けるかしら？）

現状、原作と随分とかけ離れてしまっている。

舞踏会までに二人は互いを知り、少しずつ心を通わせているはずだった。原作では、セドリックは王子であることを隠しシェリーと会い、シェリーは子爵家の養子であることを隠していた。

セドリックが王子であることを知ったシェリーは、自分にはつり合わないと彼から離れる。シェリーに心が傾いていたセドリックが舞踏会のあとから執着心を見せていくのだ。

（原作と同じとはいかなくても、もう少し二人の距離が近くならないと！）

セドリックの幸せのためにも、どうにかして二曲目はシェリーの下に連れて行かなければ。

「殿下、やっぱりあの子が最適よ」

「なぜ？」

「だって、古いドレスを着ているでしょう？　きっと家格は高くないから、今日のことで結婚を無理に迫ってきたりしないと思うの」

「……なるほど。一理あるな」

セドリックは納得したように頷いた。これもすべて原作のセドリックが言った言葉だ。下手に高位の貴族に手を出せば、その娘の両親がチャンスとばかりにすり寄ってくるだろう。

新しいドレスを買ってもらえないほど無関心。

そのくらいのほうがちょうどいいと考えるはずだ。

「わかった。ミレイナがそこまで薦めるなら行ってくる」

「いってらっしゃい」

「でも、危ないから見えるところにいるか、ウォーレンのところへ行っていて」

「危ないって、ここは舞踏会の会場よ？　熊が出るわけではないのだから、大丈夫」

「いや、会場の半分は狼だから」

セドリックは念を押すと、まっすぐシェリーの下へと行った。そして、さきほどミレイナにしたように手を差し伸べて、「一曲いかがですか？」と聞いたのだ。

少し不機嫌そうで、少しぶっきらぼうではあったが、そこだけ切り抜いてしまいたいほど絵になっていた。

胸が高鳴る。

原作とは少し変わってしまったが。今、まさに物語が始まったのだから。

シェリーは戸惑いながらセドリックの手を取った。

颯爽とダンスホールまで歩いて行く二人の姿は、美男美女のカップルだ。

「羨ましい～！」

「どこの令嬢？　見たことないわ」

「ダサいドレスで目立とうだなんて……！」

令嬢たちは口々に悪態をついていく。

セドリックとファーストダンスを踊ったミレイナも、あんな風に言われていたのだろう。

新しい曲が始まって、二人の距離が近づく。身体が密着する距離になった。

（ああ……っ！　ずっと見たかったシーンだわ！）

軽快な音楽に合わせて、くるくると回る二人。靡くピンクブロンドの髪が美しかった。

感動とときめきで胸が痛い。ぎゅっと締めつけられるような痛みに、ミレイナは胸を押さえた。

（興奮しすぎたのかしら？）

シェリーが口を開く。しかし、何と言っているのかはわからない。彼女を見下ろすセドリックの視線。渦巻く胸の不快感にミレイナはどうしていいのかわからなかった。

息苦しささえ感じて、立っているのが辛い。

とうとう二人のダンスを見ていることもできなくなって、ミレイナは外へと逃げ出した。


ミレイナは一人で会場の外に出た。

まだ舞踏会は始まったばかりだからか、先客は一人もいない。

ミレイナはゆっくりと息を吸い込み、大きく吐き出した。

「せっかく楽しみにしていたダンスだったのに……」

ほんの一部しか見られなかったことに、がっくりと肩を落とす。

転生に気づいてからずっと、このダンスを楽しみにしてきたのだ。

途中どころか、ほとんど見ることができなかった。

見つめ合った二人を思い出す。それだけで胸が痛くなった。

(やっぱり興奮のしすぎかしら？)

ミレイナは胸を押さえて、噴水の縁に腰を下ろした。

会場から漏れ聞こえるオーケストラの旋律。きっと、今ごろ二人はダンスをしながら会話をしているに違いない。

どんな内容だろうか。

共通の話題といえば、子猫の様子くらいしか思いつかなかった。

(最後まで見たかったわ……)

ミレイナは空を見上げた。夜空に散らばる星を見ながらため息を吐く。

(でも、素晴らしいイベントはこれからもたくさんある予定ですもの)

これはまだ序盤。これから、二人は距離を縮めるはずだ。

また盗み見る機会はたくさんあるはずだ。「次こそは！」と一人で気合いを入れていると、後ろから声をかけられた。

「ミレイナ姉さん、ここにいたんだ」

「あら、ビルじゃない。ごきげんよう」

ビルは目を細めて笑うと、ミレイナの隣に腰掛けた。

「相変わらず姉さんは自由だね」

「そうかしら？」

ミレイナは首を傾げる。ミレイナは今日の仕事をまっとうしたと思う。セドリックのパートナーという大役を果たし、ファーストダンスの相手もしたのだ。

注目を浴びても耐えきったのに、「自由」と咎められるのは心外だ。

「みんな姉さんを誘いたがっていたのに、すぐ抜け出すから……」

「あら、そんな気を使って声をかけてくださらなくていいのよ」

ダンスが始まって、誰にも声をかけられないと不名誉だという人がいる。しかし、ミレイナはそうは思わなかった。

気を遣うし面倒なダンスを「誘われなかったから」という理由でスルーできるのであれば、幸いではないか。

しかし、ミレイナは公爵家の令嬢だからか、夜会のたびに気を遣って数名が声をかけてくれる。

（くるくる回っていると目も回るし大変なだけなのに……）

足を踏まないように注意し、会話もしなければならないなんて、特殊な訓練を受けなければ難しい。

「姉さんらしいけどね」

ビルはカラカラと笑った。

「第三王子殿下はいいわけ？　放っておいてさ」

「殿下なら、今大切なダンス中よ」

「殿下が姉さん以外の人とダンスをするとは思わなかったな」

「それは、罰ゲームだから」

ビルは目を瞬かせる。

「殿下と賭けをしたのよ。練習中に失敗したら、ダンスをもう一曲踊るって」

「へぇ……。あの完璧超人の殿下でも失敗することあるんだ」

ビルは感嘆の声を上げる。ミレイナも同じ気持ちだ。セドリックは何をやっても完璧で天才的だった。

（そういえば、今日の失敗はカウントしなくてもいいわよね？）

セドリックとの賭けを思い出す。

脛を蹴ってしまったら、ミレイナからセドリックに口づけないといけないという罰ゲームだ。

思い出してミレイナは顔を赤くした。

自分からセドリックにキスだなんて、考えただけで頭が沸騰しそうだ。

「姉さん、寒い？　顔、赤いよ？」

「い、いいえ！　ダンスをしたせいで火照っているみたい」

ミレイナは立ち上がって、噴水の周りをそわそわと歩く。風に当たれば少しは火照りも抑えられるかと思ったが、更に熱が増したような気がした。

手の甲で頬を押さえる。

グローブ越しにも感じる熱。熱が更に熱を呼んでいる気がする。

「変な姉さん。でもさ、姉さんはいいわけ？」

「な、なにが？」

「殿下が他の女性と踊っててさ」

「いいも悪いも、殿下はこれからたくさんの人と出会うのよ？」

社交デビューを済ませれば、王族として王室の仕事をこなすようになる。国内の行事に顔を出すことも増えるだろう。

セドリックは天才だから、国政に深く関わることになる。そうなれば、今までどおりとはいかないのだ。

ミレイナの教師としての役割は、今日をもって終わりであることは理解していた。

もう、セドリックの下に通う理由がなくなってしまったのだ。

「姉さんは殿下と結婚するものだと思ってたけど、違うんだ？」

「馬鹿ね。わたくしと殿下ではつり合いが取れないわ。殿下にはもっと素晴らしい人がいるの」

「ふぅん」

ビルは曖昧に相槌を打つ。

五歳も年上で、ダンスもままならないミレイナが、王子妃になるなんてあってはならないことだ。シェリーのように心優しく愛らしいヒロインこそが、セドリックに相応しい。

そう考えて、少しだけ胸がチクリと痛んだ。

「ビル、あなたこそこんなところにいていいの？　婚約者がいらっしゃっているんでしょう？」

「サシャは体調を崩してこれなかったんだ」

「あら、それは残念ね。長旅は大変ですもの、仕方ないわ」

ビルの婚約者であるサシャが住むフリック家の領地は、王都から馬車で七日はかかる。王宮の舞踏会に参加する以外はほとんどを領地で過ごすため、年に数回も会えないらしい。

そのあいだは手紙のやりとりで仲を深めているようだ。

「せっかく姉さんに紹介できると思ったのに、残念だよ」

「そうね。わたくしも一度ご挨拶したいと思っていたの」

話には聞くけれど、タイミングが悪くいつも会えないのだ。

昨年の王宮での舞踏会はミレイナが熱を出して倒れてしまった。

一昨年前は、まだビルとサシャは婚約前だったと記憶している。

「それならさ姉さん、フリック家の領地に遊びに行かない？　あそこは自然豊かで料理もおいしいし！　バカンスには最高の場所だよ」

「あら。勝手にお邪魔したら迷惑になってしまうわ」

「いやさ、サシャもぜひ姉さんに会いたいって言ってるんだ。このままじゃ結婚まで紹介できそうにないし。姉さんなら大歓迎だと思う」

会ったこともないのに、突然遊びに行くのは気が引ける。ミレイナ自身、社交は得意なほうではない。はじめましての令嬢と仲良くできるか不安だった。

「そうね……。考えておくわ」

「絶対だよ！」

ビルが嬉しそうな顔でミレイナの手を握る。

（まだ了承したわけでもないのに、嬉しそうね）

苦笑を返すと、ビルの顔が引きつった。ミレイナの奥を見て口をパクパクとさせるばかりだ。

「……何が、絶対なわけ？」

聞き慣れた声に振り返ると、そこには見知った顔があった。

「殿下……！」

セドリックは肩で息をしながら、ビルを睨んでいた。

不機嫌そうな顔つき。何かあったのだろうか。ミレイナは首を傾げる。

ビルは慌てて立ち上がり背筋を伸ばす。そして、人形のように腰を折り曲げ深く頭を下げた。

「で、殿下。本日はおめでとうございます」

「ああ」

「ミレイナ姉さん……。いえ、ミレイナ嬢にご用ですか？」

「君には関係ないだろ？」

冷たく言い放ったセドリックに、ビルは全身を凍りつかせた。

ツンケンしているのはいつものこと。ミレイナやテオには幾分か丸くなったけれど、ほとんど話したことがない相手だと、ハリネズミのように鋭い針で威嚇するのだ。

警戒心の強い野良猫のようで可愛いのだが、慣れていない人には恐ろしく感じるのだろう。

「はは……。ですよね。……邪魔者の私は失礼します！」

ビルは逃げるように舞踏会の会場へと走っていった。

まだ外には誰も出てきていない。噴水の水音とオーケストラの音楽が混じりあう。

ビルの背中を目で追いかけながら、ミレイナは笑った。

「殿下、あまり怖がらせてはダメよ」

「別に、僕は何も言っていない」

今の彼はどうやらご機嫌斜めらしい。

慣れない服と社交、たくさんの人で気が立っていても仕方ない。

ミレイナは苦笑をもらした。

「ミレイナが突然いなくなるから探した」

セドリックが「側にいると約束したのに」と小さく呟く。

「ごめんなさい。たくさん人がいて疲れてしまったの」

「体調が悪いなら、休んだほうがいい。部屋を用意させようか？」

「心配性ね。ただちょっと人に酔っただけ」

あと、少し興奮しすぎて胸が痛くなっただけなの。とは言えず、ミレイナはなんでもないと笑って見せた。しかし、セドリックは心配そうにミレイナの顔を覗き込む。

それだけで、ミレイナの胸が跳ねた。

「もう、調子もよくなったの。約束どおり庭園を散策しましょう？」

ミレイナが手を差し出すと、セドリックはその手を掴む。少し嬉しそうに頬を緩めたから、もう機嫌は直ったのだろう。

先客のいない庭園は静かで、そして幻想的だった。

もう少しするとカップルであふれてしまう。その前に散策ができたことは幸運だ。

「あの女の子とのダンスはどうだったの？」

「別にどうとも。足を踏まれて痛かっただけだ」

（あんなに可愛い子と密着して感想がそれだけだなんて……。もしかして、照れているのかしら？）

しかし、セドリックは心の底から嫌そうな顔をしている。嘘ではないのだろう。

セドリックほどの美形になると、シェリーの可愛らしさが人並に感じるのかもしれない。そうだとすれば、ミレイナはその辺の石ころレベルだろう。

「今日は踏んだり蹴ったりね」

ミレイナに脛を蹴られ、シェリーには足を踏まれ。

きっと、セドリックの足は青あざだらけだ。

「これからダンスをする機会が増えるから、ミレイナはもっとダンスの練習をしたほうがいい」

「そう？　ダンスなんて年に数回しかしないのよ？」

夜会には必要最低限しか参加していない。もしかしたら、今年は婚活のために少し増えるかもしれないけれど、それだって限定的だ。

これからも年に数回を繰り返していくと思う。

そんな数回のために、大変な練習を繰り返すのは合理的ではないと思うのだ。

セドリックとの一ヶ月の特訓で随分と上達した。

人生の必要十分は満たしたと思う。

「……なら、その数回は全部僕が相手をする」

「どうしたの？　急に」

「他の奴が脛を蹴られたら可哀想だろ？」

ミレイナは目を瞬かせ、そして、笑った。

「ひどいわ。毎回脛を蹴るわけではないのよ？　今日はたまたま――……」

「たまたま？」

（殿下の笑顔に見惚れてしまったから）

ダンス中に見せた笑顔を思い出して、ミレイナは顔を赤らめた。

「た、たまたま失敗しただけなのよ！」

「ふーん」

頬が熱い。ミレイナは空いた手でパタパタと扇いだ。

無言でランプの灯りに誘われて歩いていれば、薔薇の香りに包まれた。ランプに照らされた薔薇が大輪の花を咲かせている。

思わずミレイナはセドリックの手をすり抜け、顔を寄せる。

「いい香りね」

セドリックは何も答えない。花の香りには特に興味はないからだろう。

「殿下は知らないかもしれないけど、この薔薇はこの庭園でしか見られない特別な薔薇なのよ？」

「へぇ」

「初代王妃の名前からベスタニカ・ローズという名前がついていて、とても高貴な薔薇なの」

深紅の大きな大輪の花で、強い香りと鋭い棘が特徴だ。初代国王が異国の姫に捧げた薔薇として、王宮の庭園のみに植えることを許された薔薇だ。

もちろん、勝手に持ち出すことも許されてはいない。

「この薔薇で初代国王はプロポーズしたのよ。素敵でしょう？」

「へぇ」

「もうっ！　興味がないからって適当な返事をしてはだめよ！」

初代国王に倣い、王族たちはこの薔薇を捧げてプロポーズをしているのだ。

きっといつか、セドリックもこの薔薇をシェリーに捧げるときがくる。

（たしか、殿下が王妃様に王族の慣習を聞くのはもう少し後なのよね）

「詳しいんだな」

「え、ええ。お花が好きだから調べたの」

ミレイナは曖昧な笑みを浮かべた。実際に知っているのは前世の原作を読んでいたからだ。

セドリックとシェリーだと身分の差が大きすぎると周りから反対され、シェリーが心を痛めたときに彼がベスタニカ・ローズを差し出すシーンがある。

何としても共に一緒になろうと将来を誓いあう感動シーンだ。

原作の内容を思い出し、ぎゅっと胸が痛んだ。

また、興奮してしまったのだろうか。

痛む胸を押さえる。

（やっぱり疲れたみたい。今日は先に帰ろうかしら？）

パートナーとしての義務は果たしたし、ダンスも一回踊った。大役をこなしたミレイナが早く帰っても誰も怒らないだろう。

（でも、もうこんな風に二人で庭園を歩くこともできなくなるのよね……）

ミレイナの教師としての役割は終わった。

セドリックはこれからシェリーとの仲を深めていく。原作にミレイナの名前はない。彼の人生にミレイナは必要ないのだ。

そして、ミレイナも自分の将来を真剣に考えなければならない。

八年が瞬く間に過ぎ去っていった。

（なんだかとても悲しいわ……）

「ミレイナ？」

セドリックは不思議そうに首を傾げた。

もう、こんな風に近くで見上げることもなくなってしまうのだろう。そう思ったら、身体が勝手に動いていた。

ミレイナはそっとセドリックの頬に口づける。

ほんの少し触れるような優しいものだったが、確かに彼の頬の柔らかい感触が唇を通して伝わる。

彼は目を見開いたまま、微動だにしない。

「罰ゲーム。……約束だったでしょう？」

ミレイナはそれだけ言うと、彼の手をすり抜け舞踏会の会場へと走る。

頬が熱を持ったように熱かった。

そのあとのことは、あまりよく覚えていない。

逃げるように帰ってきてしまったからだ。顔が耳まで真っ赤だったらしく、「体調が悪い」というミレイナの言葉を誰もが信じてくれた。

気がついたら、ベッドの中にいたのだ。

いつもの寝間着と黒猫をモチーフに作られた大きな抱き枕。

ミレイナは抱き枕をぎゅっと抱きしめた。

(わたくしったらなんてことを……!)

罰ゲームは練習中の話で、今日は関係ないと自分の中で決着がついていたはずだ。セドリックに言われてもとぼけて流すこともできた。

それなのに、ミレイナは自らの意思で彼の頬に口づけてしまったのだ。

頬の柔らかい感触を思い出して、ミレイナは抱き枕を更に強く抱きしめる。腰の部分が潰れて苦しそうだったが、気にしてはいられなかった。

(一人だけ罰ゲームを逃れるなんてできなかったの。そうよ。最後に先生として約束は守るところを見せたかっただけ)

何度も言い訳を考えた。

そう、あの口づけは責任感から。

本当に?

頬へのキスなんて挨拶みたいなもの。家族にだってする。セドリックからミレイナにしたことだってある。

何を恥ずかしがる必要があるのか。

何度も何度も自分に言い聞かせていたら、朝になってしまった。

太陽の光がカーテンの隙間から入って来たころ、アンジーがいつものように扉を開ける。

「お嬢様、おはようございます。よいお天気ですよ」

「おはようアンジー」

「お嬢様、目の下に隈がくっきりですよ。大丈夫ですか？」

「なんだか寝つけなくて」

綿が縒れた抱き枕をもみながら、ミレイナは呟いた。一度考え出したら止まらなかったのだから仕方ない。

寝ることに集中しようにも、目を閉じても閉じなくても、昨夜のセドリックが頭から離れないのだから。

「昨日はお疲れでしたから。今日はゆっくり休んではいかがですか？」

「そうね……」

ミレイナは毎日セドリックの下へと通っていたが、それももう必要ない。

彼は無事、社交デビューを終えた。慣習に基づけば、ミレイナはもう教師ではなくなる。

教師として、最後の挨拶をすべきであることはわかっていた。

けれど、どんな顔をして会っていいかわからない。

「今日は何もせずにゆっくりするわ」

ミレイナは自身の唇をなぞる。

昨日のセドリックの驚いた顔、柔らかな頬、強い香りのベスタニカ・ローズ。全部がよみがえってきて、ミレイナは再び抱き枕を抱きしめた。

◇◆◇

それから数日、ミレイナは毎日理由をつけて家に引きこもった。

一回行かないと足が重くなるもので、なかなかうまくいかない。一度だけ、セドリックから会いに来た日があったが、それも「風邪をうつしたら大変だから」と言って追い返してもらった。

実際には風邪も引いていないし、どこも悪くはない。いたって健康だ。

家族は何も言わずにミレイナの嘘に付き合ってくれている。

王宮でセドリックに会った際にされる質問も、はぐらかしてくれているようだ。

セドリックからは毎日、見舞いの花だけが届く。いつもであれば無理にでも会おうとしただろうから、随分と大人になったのだろう。

けれど、少し寂しくもあった。セドリックが一人の大人として自分の下から離れていっているようで。

「お嬢様ったら、まだ仮病を押し通すおつもりですか？　もう五日ですよ」

「そうなんだけど……」

ミレイナは抱き枕に顔を埋める。

「そういう気分のときがあっても仕方ありません。けれどあまり長引かせると、殿下が騒ぎ出すかもしれませんよ？」

「そんな……。殿下はきっと気にしていないわ」

ミレイナは子どものころから、時々ひどい風邪を引くことがあった。そういうときは決まって十日ほどは寝込むので、セドリックも「またか」と思って気にしていないだろう。

「殿下を侮ってはいけませんせん。殿下はお嬢様のことを大変愛しておられますから」

「愛だなんて。ただ、八年も遊び相手をしていたから、姉弟のように慕ってくれているだけよ」

こういうのは、勘違いをすると痛い目に遭うのがセオリーなのだ。言うならば、ミレイナはセドリックにとって、少し年の離れたただの幼馴染。

彼は異母兄弟たちとは仲良くなかった分、ミレイナに懐いた。ただ、それだけだ。今まではミレイナに気持ちがあると勘違いしているかもしれない。しかし、シェリーとの出会いを果たした今、それが思い過ごしだったことに気づくだろう。

（たしか、シェリーは病気で寝込んでいる義理の姉に命令されて、王宮の庭園に忍び込むのよね。そこで殿下と再会を果たすの）

その再会がきっかけで二人の恋が動くのだ。

最初は夜会のパートナーだっただろうか。

セドリックは社交デビューしてすぐに、「うちの娘を会わせたい」という話を多くの家から貰うようになる。――いわゆるお見合いのようなものだろう。

多くの誘いに彼は嫌気がさして、シェリーにパートナーの話を持ち掛けるのだ。

わざとらしいお揃いの布で作ったドレスを着て、二人で夜会に顔を出すようになる。

胸のあたりが痛い。ぎゅっと締めつけられるような、重たい石でも入っているような苦しさ。

ミレイナは胸を押さえた。

二人が並んでいる姿を楽しみにしていたのに、今は気が重い。

「お嬢様、もしかして、この前の舞踏会で殿下と喧嘩でもなさいましたか?」

「殿下と喧嘩だなんて……していないわ」

「では何か嫌な思いでも? 表情が暗いですよ」

「そうかしら? 嫌なことなんてなにもなかったわ」

ただ少しだけ、先日の夜のことが後ろめたいだけ。

これから別の女性と愛を育むことを知っているのに、頬とはいえ口づけてしまったのだ。

「そういえば、今日も招待状が届きましたよ」

「お茶会のご招待ならお断りしておいて。そういう気分ではないのよ」

「それが、お茶会のお誘いではないようです」

アンジーがミレイナの前に手紙を一通差し出した。送り主はサシャ・フリック。――ビルの婚約者の名前だ。

「お会いしたこともないし、どうしたのかしら?」

名前は知っているが、顔を合わせたことはない。しかも、サシャは馬車で七日もかかるような遠い場所に暮らしている令嬢だ。

ミレイナとの関わりはないに等しかった。

不思議に思いながら、手紙を開ける。

内容はフリック家の領地への招待状だ。この時期はちょうどたくさんの花が咲いていて、自然を楽しむことができる。「ビルが姉のように慕うミレイナ様と一度、お会いしたいと思っていた」と綴られていた。

「お返事はいかがなさいますか？」

「そういえば、ビルにも誘われていたの。こうしてご招待してくださっているし、遊びに行こうかしら」

「そうですよね。フリック家はここから大変遠いので、お断りのお手紙をお送りしておきま――えっ⁉　行かれるのですか⁉」

「ええ。たまには旅行に行くのもいいじゃない？」

「は、はあ……。ですが馬車の旅は大変ですよ？」

「大丈夫よ。さっそくサシャさんとビルにお手紙を書くわ。レターセットを用意して」

ミレイナは立ち上がると、机に向かった。最近はずっとベッドの上でゴロゴロしていたから、身体がなまっている。

きっと、ミレイナが戻ってきたころには、二人の仲も深まっていることだろう。

そうしたら、もうセドリックはミレイナのことなど忘れているに違いない。

第七話　ベスタニカ・ローズの秘密

王宮の舞踏会を終え、社交デビューを果たしたセドリックを待っていたのは、山のような公務だった。

早く大人の仲間入りをしたいと願っていたが、早計だったかもしれないと思うほどに。

山のような書類をさばき、ラフな服装に着替えて、いつもの時間にいつもの場所に座る。

扉の側に控えた従者のテオに向かってセドリックは睨みつけた。

「絶対に変なことは言うなよ」

「変なこととはなんでしょう？」

へらへらとした笑顔がいけ好かない。

しかし、この口の軽いテオに釘を刺しておかないと心配だった。

「僕が忙しいとか色々だ」

「はいはい。わかりました。殿下が実はミレイナ様との時間を作るために早朝からお仕事をなさっていることも、暇なふりをするためにわざわざ服を着替えたことも内緒にしますから、ご安心ください」

「……おい」

テオの笑顔にセドリックは顔を歪めた。そういうところが信用できないのだ。

「言えばいいじゃないですか。ミレイナ様ならわかってくれますよ」

「いやだ。絶対に『忙しいなら』って言って来なくなる」

ミレイナはそういう人だ。強引に教師になったと思えば、そういうところはあっさりと身を引く。いつもセドリックは振り回されっぱなしだった。

昨日の夜だってそうだ。

セドリックは思わず、頬を指でなぞった。

まだ感触が残っているような気がしたのだ。――ミレイナの柔らかい唇の感触が。

今まで何度も想像したけれど、あの唇がセドリックに触れたのは初めてだった。

思い出しただけで胸が熱くなる。

罰ゲームだったとしても、ミレイナが本当に口づけてくれるとは思っていなかったのだ。ただ、少しセドリックのことを男として意識してほしいと思っただけ。

「殿下、顔が緩んでおりますよ」

「うるさいな」

「そんなお顔でミレイナ様に会うほうが嫌でしょう?」

これからミレイナが来る予定でなければ、追い出していただろう。

セドリックは「これ以上おまえの話は聞きたくない」と言う代わりに本を開いた。

(早くミレイナに会いたい)

昨夜の社交デビューを終え、セドリックは晴れて大人の仲間入りをした。

今日はミレイナの教師の任を解く予定だ。そして、これからは教師と生徒ではなく、婚約者として会いたいと言うつもりだ。

今回の舞踏会で、多くの男たちがミレイナの美しさを改めて理解しただろう。早く手を打たなければならない。

誰の手にも届かないところ――王子の婚約者にしないと心配でならなかった。

その日、セドリックの期待を裏切るように、ミレイナではなくエモンスキー家から使いが現れたのだった。

◇◆◇

舞踏会から七日がすぎた。体調を崩したミレイナと会うことは許されず、セドリックは悶々とした日々を過ごしている。

ミレイナは子どものころから身体が弱く、時々風邪を長引かせていたからいつものことだろう。舞踏会の日、夜風に当たりすぎたせいかもしれない。

無理にでも会いに行きたい気持ちはあったが、わがままを通せばまた子ども扱いされかねない。

ミレイナには大人の男として、恋愛対象として見られたいのだ。

王宮の医師を引き連れてエモンスキー家に乗り込みたい気持ちをなんとか抑え、見舞いの花を送るだけにとどめておいた。

公務を任されるようになってからというもの、忙しくない日はない。けれど、ミレイナとの時間になるとセドリックは休憩とばかりに執務室から逃げ出した。

もしかしたら、今日はひょっこり顔を出すかもしれない。

そう思って。

しかし、今日もテオは「まだ体調が戻られてないみたいですね」と現実を突きつけるのだ。

セドリックはミレイナと二人で見て回った庭園を一人で歩いた。

テオには「まさか殿下が散歩に出るなんて」と大げさに驚かれたが。

舞踏会の夜、ミレイナは花に誘われる蝶のように、美しい花を見つけてはひらひらと飛んで行った。

ベスタニカ・ローズ。王家の薔薇。

花には興味がなかったが、ミレイナが楽しそうに語っていたので調べてみた。

この庭園にしか咲いていない薔薇なのだというのは本当のようだ。

そして、王族はみんな、この薔薇でプロポーズをするという慣習があることも知った。

(薔薇が枯れる前に元気になってもらわないと、一年持ち越しになってしまうだろ……)

結婚相手を探そうとしているミレイナが一年も待ってくれる気はしない。いつもセドリックの手からすり抜け、蝶のように空に舞うのだ。

ベスタニカ・ローズのことを知って、セドリックはすぐにでもプロポーズしようと決めた。

そう決めてからというもの、彼女は来ない。セドリックは彼女に振り回されっぱなしだった。

今にでも薔薇の花束を抱えてエモンスキー家へと乗り込みたいというのに。けれど、嫌われたくないというそれだけの理由でセドリックはミレイナに会いに行けないでいる。

セドリックの力を使えば、いつでも簡単にミレイナを誰にも見えないところにしまっておけるだろう。それをしないのは、偏にミレイナの心もほしいからだ。

本当は誰にも見せたくない。艶やかなドレスなんて着て外に出ないでほしい。

他の男の目にとまるたびにはらわたが煮えくり返る気持ちだ。

ミレイナの瞳がセドリックしか映さなければいいのに。

何度そう思っただろうか。

婚約という形でいいから、ミレイナを縛る鎖が欲しかったのだ。

(もう七日も経っているし、もう一回くらい会いに行ってもいいか……?)

薔薇を睨みながら一人で押し問答を続けていると、背後で気配を感じた。

テオが腰に下げている剣に手を置く。

「……誰だ?」

「あ、あの……。すみません」

弱々しい女の声が薔薇の向こう側から聞こえる。

すぐに女が顔を出した。

(あのときの女か)

ピンクブロンドの髪の女。名前は知らない。興味もなかったから聞いてもいない。

しかし、この女とはなぜかよく会う。

最初は孤児院で、次は雨の日。

舞踏会ではミレイナに薦められ、仕方なくダンスの相手に選んだ相手だ。

ミレイナは彼女を気に入っているようだが、それも気にくわなかった。

相手が男でも女でも、ミレイナの関心がセドリック以外に向いているのは見ていて楽しくはない。

彼女のことを優しい、美しいとミレイナは言う。しかし、セドリックからすればミレイナのほうが美しいし優しい。そのことに気づいていないのは本人だけだ。

「この庭園は許可がないと入れないはずだけど？」

セドリックは冷たい声で言った。

「勝手に入ってしまってすみません……。悪気はなかったんです！」

女は慌てたように言うと、深々と頭を下げた。ピンクブロンドの髪が揺れる。彼女に悪気があるかないかには興味がなかった。

セドリックがテオに視線を向けると、彼は心得たように女の腕を掴む。

「あっ！　あのっ！　話を聞いてくださいっ！　私、ここの薔薇がどうしても必要で……！」

「君の事情には興味がない」

セドリックはミレイナとの思い出に浸っていたところに水を差され、苛立っていた。セドリックは冷ややかな気持ちで女を見下ろす。

「お願いします！　一輪だけでいいんです。そうじゃないと、私……家を追い出されてしまいます……！」

テオに強く押さえつけられてもなお、女はセドリックに叫び続けた。

「へぇ」

「病気の義姉が、王宮の舞踏会に行けなかった代わりに王宮の薔薇が見たいと……。あの……。

私はキャンベル子爵家に引き取られたシェリーと申します」

シェリーと名乗った女は、ペラペラと身の上を語り出した。

曰く、自身は孤児院で生まれ育ったこと。そして、キャンベル子爵家に引き取られたこと。

引き取ってくれたキャンベル家には病弱な義姉がいたということ。そこまで黙って聞いていたが、長く掛かりそうなことに嫌気がさし、セドリックは話を遮った。

「僕は公務があるから、話があるならその男にしておいてくれ。テオ、要約をあとで報告して」

「あのっ！」

シェリーの叫び声を無視し、セドリックは背を向けた。


テオがセドリックの部屋に戻ってきたのは、二時間後のことだった。

薔薇の香りをまとい、げっそりとした様子であることから、相当大変だったのだろう。

セドリックは顔を上げてテオを見ると、すぐに手元に視線を戻した。

「殿下、ひどいですよ。シェリーさんの話、長くて重くて大変だったんですからね」

「へぇ」

シェリーがどんな事情を抱えていようと、興味はない。元々他人の身の上話に耳を傾ける性格ではなかった。赤の他人ともなれば尚更だ。

ミレイナの話であれば、いくらでも聞いていられるが。彼女のことであれば、朝食べた食事の話でも聞き逃したくはない。

「結構可哀想な子でしたよ、シェリーさん」

「あの女に興味でも湧いたのか？」

「そ、そんなわけないでしょう！　十歳も年下の女の子ですよ⁉」

テオが大きな声を上げる。

「十歳差なんて普通だろ？　父上と母上は二十歳離れている」

「それは陛下が二度目のご結婚だからですよ。まあ、貴族の政略結婚だと十歳差くらいなんてことないんですけどね」

テオは口ごもる。二時間のあいだに随分と絆されたようだ。よほど、シェリーの身の上話はテオの心をわしづかむほどの辛く悲しいものだったのだろう。

彼は涙もろい。

異母兄弟たちに馴染めずにいるセドリックに、王宮内で一番心を砕いているのは彼だろう。実際にはただ面倒なだけなのだが、それを彼にわざわざ言うつもりはない。言ったところで、彼は持ち前の思い込みの強さで「きっと殿下は強がっているのだろう」と思うのは火を見るより明らかだった。

つまり、彼は一度思い込んだら止まらないところがあるということだ。

シェリーに関しても、それは例外ではないはず。

「別に恋愛は自由だから好きにしたらいいだろ？」

「そういうわけにはいきませんよ。シェリーさんは義姉の代わりに結婚して、キャンベル家を支えていかなければならないんですから」

「なら余計都合がいいじゃないか。おまえは五男で継ぐ家もないからってここにいるんだからさ」

テオは照れたように笑いながら「まあ、そうなんですけどね」と言った。

照れる意味がわからない。しかし、テオがシェリーと結ばれるのはセドリックとしても好都合だった。セドリックでは彼に与えられる爵位は一代限りのものだが、キャンベル家の婿養子になれば話が変わってくる。

そして、彼女ができればセドリックへのお小言も、少しは減るだろう。

「あ！　そうでした。殿下宛に手紙が届いていましたよ」

「どうせ夜会の招待状だろ？　興味ない。断りの返事を出しておいてくれ」

ミレイナが行かない夜会に行って何の意味があるというのか。

しかし、テオはニヤニヤと気味の悪い笑みを浮かべた。

「いいんですか？　そんなこと言って」

「……何が？」

「今日の手紙は招待状じゃなくて、ミレイ――」

セドリックはテオが言い終わる前に、彼女からの手紙を奪い取った。

「まったく。そんなに焦らなくても手紙は逃げて行きませんよ」

彼はブツブツと小言を言うが、セドリックは耳を傾けることなく手紙を開いた。

ミレイナからの手紙などもらったことがあっただろうか。毎日会う相手に手紙を送る人はいない。そして、ミレイナが風邪で寝込んでセドリックの下に来ないときは、彼女の侍女などの使用人が直接来ることが多かった。

丸みを帯びた少し癖のあるミレイナの字。そこに彼女の人柄のようなものを感じて、より愛おしく感じた。

しかし、内容はまったく愛おしいものではなかったが。

「殿下。ミレイナ様はなんと？」

「……旅行に行くって」

「へ？」

テオが抜けた声を出す。

「……フリック家の領地に少し行ってくると書いてある。着いたらまた連絡すると」

「フリック家というと、だいぶ遠い場所ですね。でも、ミレイナ様はフリック家と関わりなんてありましたか？」

セドリックは静かに頷く。

「フリック家にはミレイナの従弟……ビルって奴の婚約者がいる。絶対あいつがミレイナを唆したんだ」

感情のままに手紙を握り潰しそうになって、セドリックは机の上に手紙を叩きつけた。

ビルは一度ミレイナにアンドリュー・フレソンという男を紹介した前科がある。フリック家で馬鹿なことを計画する可能性は否めない。

「……フリック家の領地に行く」

「へ？　は？　いやいや。殿下、フリック家まで馬車で七日ですよ⁉　そのあいだ公務はどうするんですか⁉」

「今できることは朝までに全部終わらせる。持って行けるものは馬車の中で。残りは帰ってきてからやるように調整しろ」

「半月分の調整を今からですか？　私の身体が壊れますよ⁉」

「馬車で眠ればいいだろ？」

到着の連絡を待っているだけでは、ミレイナは離れていってしまうような気がしたのだ。

フリック家の領地は自然豊かで有名な観光地だという。開放的な気分になるため、新婚旅行には人気な場所だと本に書いてあったのを覚えている。

セドリックが知らないあいだに新しい出会いがあるかもしれない。次に会ったときに「この人と結婚することにしたのよ」と紹介された日には、もう生きてはいけないだろう。

セドリックは顔を青くしているテオに追い打ちをかけた。

「あと、ベスタニカ・ローズを持って行く」

「へ？　あれを？」

「ああ。七日持たせる方法を庭師に確認しておいて」

あれがないと、プロポーズは完成しない。

ベスタニカ・ローズは王宮の庭園以外では咲いていないのだから、ここから持って行くしかなかった。

セドリックは何度もミレイナからの手紙を見返す。

（手紙なんかじゃなくて、直接言えばいいのに……）

右頬を撫でる。

あの口づけは、好意の表れではないのか。

ミレイナの気持ちがわからない。だからといって、今更諦めることはできなかった。

◇◆◇

セドリックが王都を出ることができたのは、それから二日後のこと。

馬車の中はベスタニカ・ローズの香りで充満していた。

セドリックの前にはベスタニカ・ローズが鎮座し、その横でテオが小さくなって座っている。

彼は頑なにセドリックと同乗することを拒んだが、急ぎ向かう必要があったため、セドリックが無理矢理押し込めたのだ。

馬車はほとんど休みなく走っている。途中の街で馬を替え、夜通し走ることもあった。馬車に酔ったテオは青い顔をしながら外を眺め、セドリックは書類に目を通しながらも、ミレイナに思いを馳せていた。

（なぜ、旅行の前に会いに来てくれなかったんだ……？）

幻想に聞いたところで、返事はない。

セドリックは持ち前の観察力の高さで、他人の大抵の思考と行動を予想することができた。しかし、ミレイナだけは何を考え行動しているのか、まるでわからないのだ。

セドリックの行動に赤面し恥じていると思えば、二人は姉弟のような関係だと突き放す。

こんなに好きなのはセドリックだけなのではないかと絶望していれば、彼女の一番はセドリックなのだと言うのだ。

いつも掴めそうで掴めない。

今回もそうだ。

セドリックは舞踏会の夜を思い出して、頬をなぞった。

「殿下、歯でも痛いですか？」

青い顔をしたテオが、セドリックの顔を覗き込む。頬ばかり触れているから歯が痛いのだと勘違いしたのだろう。揶揄う雰囲気はなく、本当に心配しているようだった。

セドリックは「いや」と短く否定したあと、真剣な顔でテオに問う。

「……普通、好きでもない男に口づけをするものか？」

「へ？　殿下、まさかとうとうミレイナ様に？」

ガタンッと大きな音と共に馬車が揺れ、二人のあいだに長い沈黙が訪れた。

テオの言葉にセドリックは、再びあの日のミレイナの姿を思い出す。頬にミレイナの唇が触れた瞬間を忘れることができなかった。

「あー。なるほど。ミレイナ様が殿下の頬にキスした理由が知りたいと」

「……理由は知ってる」

「なんですか？」

「賭けの罰ゲーム。ミレイナはそう言っていた」

理由自体は間違いないだろう。ダンスの途中で脛を蹴ったことに対する贖罪だと考えていてもおかしくはない。

しかし、たとえ罰ゲームであれ、好きでもない男の頬に口づけるだろうか。

テオは「うーん」とわざとらしく唸った。

「普通に考えて、嫌いなら罰ゲームを回避したんじゃないですかね。まあ、客観的にミレイナ様は殿下のことは嫌っていませんよ。それはわかります」

彼の言葉に、セドリックは満足そうに頷く。

しかし、すぐに彼は「でも」と話を続けた。

「まあ、でも弟のようだと思っている可能性もありますからね」

「……弟」

セドリックは低い声でテオの言葉を反芻した。

弟と言われるのが一番嫌いだ。ミレイナを姉だと思ったことはないし、姉のように接したこともない。

姉弟のようだと言われたくなくて、背が伸びる方法を必死に調べたこともある。

「ミレイナ様は殿下を十歳から知っておりますから」

「でも、僕はもう十八だ。身長だってミレイナより高いし、仕事もしている」

ミレイナを守れるだけの力も知識もつけたというのに、十歳からの付き合いだからという理由で恋愛対象として見られないのは理不尽だ。

「まあまあ。この薔薇を見たら、ミレイナ様も殿下の本気度を理解しますって。陛下を説き伏せるのを頑張ったんですからね」

セドリックは口をへの字に曲げると、窓の外を見た。

森の中を駆けているせいか、景色はほとんど変わらない。

ベスタニカ・ローズの香りだけが充満する中で、セドリックは小さく頷いた。

王族の薔薇を持ち出すのには許可がいる。それは王子であるセドリックも例外ではない。本来ならば、薔薇が咲く時期までに許可を取り準備するものだという。

しかし、来年まで待てないと何度も父の下に通い、頭を下げたのだ。

ふだんわがままを言わない末の息子のお願いに、父である国王はひどく悩みながらも許可を出したのだった。

詳しく聞けば、ベスタニカ・ローズを使ったプロポーズは、王族として正式な結婚の申し込みとなるらしい。

その薔薇を受け取った瞬間、二人は婚約を結んだのと同じと考えられるのだ。

どんなに鈍感なミレイナでも、そこまですればセドリックの本気を理解するだろう。

軽い気持ちでミレイナに思いを伝えていないのだと理解してもらえれば、それだけでよかった。

もちろん、一番はその薔薇を受け取って、セドリックのプロポーズを受けてもらうことではあるが。

「もっと馬車は速められないのか？」

「今、全速力ですよ。そのせいで私の胃の中はぐちゃぐちゃです」

「馬車の中で吐くなよ」

「はあ……。もっと優しい主人に仕えたい……」

テオは目元を押さえて、馬車の窓にもたれかかった。


休憩を取った街で食事を摂っている際、テオはセドリックに一枚の紙を渡す。

「殿下、調べさせていた結果が届きましたよ」

セドリックは報告書を読んで眉根を寄せた。

王都を出る前、ここ数日でフリック家の領地に旅行に出た貴族がいないか調べさせたのだ。

報告書には十数名の貴族子息たちの名前が並んでいた。

全員が、二十代の未婚の男たちだ。

「偶然にしては多いですよね」

「偶然なわけないだろ？」

フリック家の領地がいくら観光地だとしても、同じ日にこれだけの人数が移動することはあり得ない。

王都の隣とかであれば別だが、フリック家の領地は馬車で七日の距離だ。往復半月は、簡単に行くことを決められるような場所ではない。

「来て正解だった」

セドリックは不機嫌な顔のまま、報告書を握り締めた。食事も半ばだったが、馬車へと向かった。

「急ぐ」

「……そう言うと思っていました」

テオは苦笑を浮かべ、セドリックの後を追ったのだった。

第八話　エデンの丘のジンクス

七日かけて辿り着いたフリック家の領地に降り立ったとき、ミレイナはゆっくりと息を吸い込んだ。

幸い、馬車には酔うことなく七日の旅路を終えることができた。しかし、道はずっと舗装されているわけではなかったため、馬車はひどく揺れた。

エモンスキー家が所有する一番いい馬車を使ったが、お尻と腰は大打撃を受けたのだ。

ふだん出かけ慣れていないミレイナには耐えがたい七日となった。

(もう二度と遠出なんてしないわ……)

今から帰りが怖い。

セドリックから逃げた罰が当たったのだろうか。

「はあ……。死ぬかと思った……」

別の馬車から出て来たビルは情けない声を上げた。

顔は青ざめ、げっそりとしている。

ビルは馬車酔いがひどい体質のようで、初日から休憩のたびに青い顔を見せていた。

七日間は地獄のような時間だっただろう。

「大丈夫?」

「はは……。天国が見えたよ」

遠いとはいえ、ビルがあまり婚約者のサシャに会いに行かないのが不思議だったのだが、一番の原因は馬車酔いだろうか。

彼は胃の辺りをさすりながら、うずくまった。

「ビルッ!」

高く可愛らしい声が聞こえ、ビルは顔を上げた。

愛らしい少女が駆けて来る。

「サシャッ!」

慌てて立ち上がったビルの胸に少女は飛び込んだ。

「いらっしゃい!　会いたかった!」

少女は人目をはばからず、ビルの頬に口づけをする。その熱烈な歓迎に、同行していた護衛や侍女たちがみんな視線を逸らした。

さきほどまで今にも死にそうだったビルの顔は色を取り戻し、笑みを浮かべる。

「サシャ、紹介するよ。エモンスキー公爵家の令嬢であるミレイナ姉さん。姉さん、彼女が俺の婚約者のサシャ」

ビルに紹介され、サシャが慌てて姿勢を正す。そして、淑女らしい礼を見せた。

「ビルからお話は伺っております。ずっとお会いしたかったので嬉しいです。サシャ・フリックと申します」

彼女は、チョコレートを溶かしたような色の長い髪を高い位置で結い上げている。馬の尻尾のように揺れるポニーテールは、彼女の動きに合わせて跳ねる。

彼女は深い緑の瞳をミレイナに向けた。

「わたくしもサシャ様のことはビルからたくさん伺っているわ。今回はご招待いただきありがとう」

「ミレイナ様、私のことはサシャと呼んでください」

「では、わたくしのこともミレイナと」

「とんでもない！　エモンスキー公爵家と言えば、雲の上の方ですから。本来なら私のような子爵家がお話をできるような身分ではありません」

「そんなに気負わないで。偉いのはお父様や今までエモンスキーを守って来た方々で、わたくしではないもの」

ミレイナはたまたまエモンスキー家に生まれただけで、家には何も貢献していない自信がある。兄が騎士として王太子の側に仕えているあいだ、ミレイナは推しのことを追いかけてばかりいた。

サシャは目を皿のように見開くと、感嘆の声を上げる。

「ミレイナ様はお美しいばかりではなく、謙虚でいらっしゃるのですね」

「お世辞なんて言わないで。困ってしまうわ」

「お世辞じゃありません。本当のことです。ミレイナ様がお美しいのは、この田舎領地にも噂が回ってくるほどですから！　社交界に妖精がいるって」

「多分、別の方のことだと思うわ。わたくしはあまり社交場には出ていなかったから」

美しい令嬢はたくさんいる。噂とはたいていねじ曲がっていくものだ。

きっと、サシャの耳に入った噂もそのようなものだろう。

「あの……。もしよろしければ、ビルのように『ミレイナお姉様』とお呼びしてもよろしいですか？」

「ええ、もちろん。妹ができたみたいで嬉しいわ」

ミレイナはサシャの手を取って笑みを浮かべる。すると、彼女は顔を真っ赤にして喜んだ。

サシャの側に控えていた侍女が小さく咳払いをする。

彼女は思い出したように声を上げた。

「あっ！　長旅でお疲れですよね。お部屋にご案内します」

◇◆◇

殿下。

お元気ですか？　わたくしは昨日無事、フリック家の領地に着いたところです。

こんなに遠出をしたのは初めてで、お尻が痛くなってしまったわ。殿下が来るときはたくさんクッションを用意しておいたほうがいいと思うの。わたくしは今、帰りのためにクッションを集めてもらっているところよ。

フリック家の領地は自然豊かで本当に穏やかな場所なの。

今日はサシャに『エデンの丘』という素敵な場所に連れて行ってもらったのよ。……あ、サシャというのはビルの婚約者なの。

とても元気で、人見知りのわたくしにも気さくに話しかけてくれる可愛らしい方だったわ。

エデンの丘というのはね、もっとも天国に近い場所なのですって。

本当に素晴らしい場所だったわ。どこを見てもお花畑なの。殿下にも見せてあげたかった。

殿下はお花には興味がないかもしれないけれど、この景色を見たらびっくりすると思うわ。

それにね、『エデンの丘』には有名なジンクスがあるのですって。

ここでプロポーズをすると、末永く幸せに暮らせるのよ？

素敵でしょう？

いつか殿下に運命の人が現れたら、丘の真ん中にあるガゼボをおすすめするわ。


ミレイナは手を止めて、手紙を見直した。

（運命の人……。シェリーとはうまくいっているかしら？）

原作どおりであれば、シェリーに恋人のふりをすることを提案しているころだろうか。原作とは少し時期がずれたから、まだお互いを知ろうとしているころかもしれない。

彼らの幸せは原作が保証してくれているのだ。

ミレイナがお膳立てしなくても運命の歯車は回り始めるだろう。

（王都に戻ったら、二人は仲良くなっているかも。……楽しみね）

二人が並んでいる姿を想像する。

なぜか、少しだけ胸が痛かった。

胸をさすっていると、扉が叩かれる。「どうぞ」と答えると、扉の奥から現れたのは、ビルとサシャだった。

「姉さん、ちょっといい？」

「どうしたの、二人揃って」

サシャは部屋に入ってすぐミレイナに招待状を差し出した。

「実は明日、ミレイナお姉様の歓迎パーティーを企画しているのですが、来て頂けませんか？」

「歓迎……パーティー？」

「パーティーと言っても、王都と違ってこぢんまりとしたものなんです」

「嬉しいけれど、気持ちだけ受け取っておくわ」

今はパーティーに参加するような気分ではなかった。せっかく王都から離れたのだから、ゆっくりしたいというのが本音だ。

それに、こんな田舎のパーティーでエモンスキー家の令嬢が参加したら、みんなも気兼ねなく楽しめないだろう。

「少し顔を出すだけでもいいから来られない？　サシャが初めて最初から最後まで企画したんだ」

ビルの言葉にサシャが何度も頷く。

二人に見つめられて、ミレイナは「いや」とは言えなかった。

「……本当に少しだけよ？」

結局、二人の押しに負けて、頷いてしまったのだ。

ミレイナは二人が帰ったあと、セドリックへの手紙の続きを書いた。

田舎に来てもパーティーに参加すること。少しだけ憂鬱なこと。

書きながらセドリックの社交デビューの日を思い出し、何度も筆を置いた。

ただの罰ゲームだというのに、あのときの感触がいまだ忘れられない。

ミレイナは手紙を書き終えると、アンジーに手渡した。

「これを荷物と一緒に送ってほしいのだけれど」

フリック家の領地へ遊びに行くことを、両親に報告したときにお使いを頼まれたのだ。その中には急ぎ必要な物もあったため、今日の夜のうちに出発するのだという。

地元の郵便局に出しても手紙は届くのだが、早く届くのであればそれに越したことはない。

「お嬢様ったら、殿下とは帰ったら会えますよ？」

「いいのよ。旅先で書くというところが大切なの」

手紙一枚で逃げるようにここまで来てしまった。手紙を送るくらいしか、この後ろめたさを払拭する方法が思いつかなかったのだ。

結局手紙には謝罪の一文も入れられなかったのだが。

アンジーは苦笑を浮かべつつも、荷物の中に手紙を入れてくれた。届くのは早くて七日後。ミレイナが帰り支度を始めるころくらいだろう。

「そうだ。明日、パーティーに参加することになってしまったのだけれど、よそ行き用のドレスはあったかしら？」

ミレイナは着飾ることには興味がない上、服装に拘りはない。しかし、あまりにも適当なドレスではエモンスキー家の迷惑になることも知っていた。

流行りである必要はないが、上等の物を身につける必要がある。幼いころから耳にたこができるのではないかと言うほど聞かされてきたことだ。

ミレイナの服飾関係はすべてアンジーに一任しているため、心配はない。しかし、今回は「ゆっくりする」という予定しか伝えていなかった。

「もちろん、どんな状況にも対応できるように用意してありますから、ご安心ください」

「さすがだわ。わたくし一人だったら、ドレスがなくて困っていたところよ」

「お嬢様をサポートするのが私の役目ですから。明日はご安心ください」

アンジーは得意げな顔で笑った。

◇◆◇

パーティー会場はエデンの丘がある公園にある古城で行われるようだ。

かつては王族の所有地だったという古城は、今ではフリック家が引き継ぎ、手入れをしているらしい。こうして、時々パーティー会場として使うのだそうだ。

サシャのはからいで、パーティーのあとは古城に泊まれるように、準備をしてくれたらしい。

花と星屑に囲まれた古城はとても幻想的で、パーティーも悪くないと思った。花に興味がないセドリックも、歴史的な建物であれば話は別かもしれない。

（この世界にも写真があったらよかったのに）

そうすれば、この幻想的な建物を写真に撮って見せてあげられたのに。

主催だからと言って、ビルとサシャは先に会場へと行ってしまった。

ビルに「ミレイナ姉さんはゆっくり来て」と言われたので、その言葉に甘えゆっくりと準備してフリック家を出て来た。

今日は護衛騎士の一人がパートナーを務めてくれる。

引きこもりのミレイナには専属の騎士はいない。

しかし、こうやって時々遠出するときに、エモンスキー家の騎士が数名同行してくれるのだ。

騎士の中に爵位を持っている者がいたため、パートナーを頼んだのである。

すぐに帰るつもりでいたので、パートナーなど必要ないと思った。しかし、アンジーが「知らない場所ですから、盾はお持ちになってください」と言ったので、素直に従うことにしたのだ。

困ったら、彼を盾にして逃げるつもりだ。

ドアコールマンに名前を呼ばれながら、会場に入る。人の視線がミレイナに集まった。

それだけで、すぐにでも帰りたい気分だ。

王都だったら、人も多いからここまで注目されない。

ミレイナが入場してすぐ、ビルとサシャが駆け寄ってきた。

「ミレイナお姉様、今日はお越しくださりありがとうございます。お姉様の好きな物をたくさん用意したので、楽しんでいってくださいね」

「ありがとう。こんなに盛大なパーティーだと思わなくて少し緊張しているの」

「ミレイナお姉様がいらっしゃると聞いて、参加希望の方が大勢いらしたんですよ」

「まあ……」

サシャの言葉にミレイナは辺りを見回した。

みんな同じ世代の男女ばかりだ。出会いを求めた男女が多く集まる場というのは、王都でもよくある。田舎でも同じようなものなのだろうか。

「ビルからお姉様は婚活中だと聞きました。よかったら素敵な人を探してくださいね」

サシャはミレイナの耳元で囁く。その言葉に目を丸めたが、サシャは他の参加者の下へと駆けて行ってしまった。

よくよく観察してみれば、見たことのある顔ばかりだ。

目が合っては逸らされる。女性たちは見たことのない顔ぶれなので、この辺りで暮らす令嬢たちなのだろう。彼女たちは数名で固まって、遠巻きに参加者の男性を見ていた。

人の顔を覚えるのが得意ではないミレイナにだってわかる。男たちはふだん王都の夜会で見かける人ばかりではないか。

「ミレイナ嬢、お久しぶりです」

声をかけられて振り返ると、そこには見たことのある金の髪があった。――アンドリュー・フレソンである。

ミレイナは目を見開いた。

「フレソンさん。ごきげんよう。まさかこのようなところでお会いするとは思いませんでした」

「驚くのも無理はないでしょう。ちょうど近くに来ていたものですから」

彼は人のよさそうな笑みを浮かべた。

（外に女が三人、婚外子は二人……。人は見かけによらないものね）

以前、セドリックからもらった情報を反芻する。

ふだんのミレイナなら、アンドリューの言葉をそのまま鵜呑みにしただろう。しかし、この状況で「そうなのね」と納得するほどミレイナも馬鹿ではなかった。

（名前は覚えていないけど、ほとんど王都で見たことがある男性ばかり。……わたくしと結婚してエモンスキーと繋がりたい人かしら？　もしかしたら、わたくしを通して殿下と仲良くなりたいのかも）

両親は社交的な性格なので、夜会に足繁く通えば仲良くなる機会は得られるはず。けれど、セドリックは別だ。彼は仲良くなろうとして簡単に仲良くなれる相手ではない。

彼の周りには従者が一人いるだけで、他の訪問を許さないのだ。ミレイナと結婚したところで、セドリックとの繋がりが持てるとは到底思えないが。

彼らにとっては、ミレイナが一縷の望みだと思っている節はある。

そうでなければ、ミレイナに近づく理由がわからないのだ。

「ミレイナ嬢、よろしければ、一曲いかがですか？」

「ごめんなさい。まだこちらに到着したばかりで疲れてしまっているの」

「そうでしたか。ミレイナ嬢は身体が弱いですから、無理はいけませんね」

白い歯を見せて笑ったアンドリューに、ミレイナはぎこちなく笑みを返した。なんでも知っているという雰囲気を出されるのは、あまり気分のいいものではない。

ただ、少し引きこもりで体力がないだけだというのに。

アンドリューは笑みを浮かべたまま、ミレイナの前から離れなかった。

「わたくしにはかまわず、他の方をお誘いください」

「せっかくですから、少し話しましょう。前回はゆっくりお話しできませんでしたから」

彼はサッと給仕からシャンパンを二つ受け取ると、一つをミレイナに手渡すのだ。

ダンスを断ったくらいで引くつもりはないらしい。

アンドリューは自分の経歴がいかに素晴らしいかをミレイナに語って聞かせた。その大半を聞き流していたので、何がすごいのかはよくわかっていない。

ミレイナはオーケストラに合わせて踊るみんなの姿を見ながら、相槌を打っているだけだった。

相槌を打っていると、ミレイナの周りに数名の男性が集まってきた。シャンパンを片手に「ご一緒してもよろしいですか？」と問われれば、「いや」と断ることもできない。

パートナーとして来ていた護衛騎士が、男たちを威嚇するように睨んだ。

(歓迎会だなんて嘘のようね)

ミレイナは小さくため息を吐く。

視線だけでビルを探してみれば、彼は遠くからミレイナの様子を見ていた。

最初からミレイナの婚活のためのパーティーを企画していたのだろう。

ビルはミレイナと目が合うと、視線を逸らした。

「……さすがに失礼だわ」

ミレイナは小さく呟く。側にいた男たちにも聞こえないくらいの小さな声で。

二人が頑張って準備したというから、来たのに。

これでは疲れ損ではないか。

「ミレイナ嬢？　いかがされましたか？」

男たちがミレイナの顔を覗き込む。

ミレイナは息をゆっくりと吐き出すと、満面の笑みを浮かべた。

「そろそろ帰ろうかと思いまして」

「えっ!?　まだ来たばかりではありませんか」

一人の男が大きな声で言った。それに続いて他の男も同意する。

「せっかくのパーティーなのですから、もう少しお話をしませんか」

「お疲れでしたら、椅子を用意させましょう」

「私たちはミレイナ嬢のことを、もっとよく知りたいのです」

親を求めるひな鳥のように、男たちは口々に引き留めるための言葉を口にする。

ミレイナはその男たちの顔を一人ずつ見て、肩を竦めた。

「わたくし、今日はいつもとは違うパーティーを期待して――……」

「ええ、そうでしょうとも。この歴史が刻まれた城と美しい景色。王都とはまったく違いますね」

「ミレイナ嬢、よろしければ美しい景色を見に参りましょう」

「それでしたら私と――……」

ミレイナの言葉を聞き終える前に、男たちは新しい言葉を口にし、手を差し伸べた。

言いたいことの一つも言えやしない。

セドリックはいつも面倒そうにしていても、ミレイナが言い終えるまで待っていてくれた。

返事は「ふーん」や「へぇ」と言った簡素なものが多かったが、ミレイナの言った言葉は一語一句覚えていてくれたのだ。

(彼らと殿下を比べるのは酷よね)

ミレイナの推しは少しツンケンしたところはあるが、とても紳士的なのだ。

誰の手も取らず、眉尻を下げる。

「顔ぶれが王都と変わらないのでは、新鮮味はまったくありませんわね。美しい城も景色も堪能しましたので、わたくしは帰ります」

ミレイナは淑女の礼をすると、護衛騎士の手を取る。そして、男たちに背を向けた。

「ね！　姉さんっ！　待って……！」

出口に向かうミレイナを追いかけて来たのは、ビルだった。慌てた様子でミレイナの腕を掴む。

「せっかくだしさ、もう少し……」

「ビル、歓迎会ではないのなら、そう言ってちょうだい」

強い口調で言うミレイナに、ビルはたじろいだ。しかし、すぐいつもの笑みを浮かべる。

「ほら、姉さん婚活するって言うから手伝おうかと思って。王都だと殿下がいてなかなかうまくいかなかっただろ？」

「そんなことお願いしていないわ」

ミレイナはただ、夜会でエスコートをお願いしただけだ。

「それは悪いことをしたかもしれないけどさ、こんなところまでみんなを呼んで、数分で終わりなんて言えないよ！　一時間だけでいいんだ！」

ビルはミレイナの腕を強く掴んだ。護衛騎士が引き剥がさなかったら、痛みで叫ぶところだっただろう。

「姉さ――……」

ビルが言い終える前に、ミレイナはビルの頬を思いっきりひっぱたいた。

パンッと痛々しい音が古城に響く。

「姉……さん……？」

「いくら従弟でも、わたくしをダシにみんなを呼ぶなんて間違っているわ」

ビルが男たちをどう唆したのかはわからない。

しかし、ミレイナと仲良くなることができれば、エモンスキー家やセドリックとの繋がりが作れるかもしれないと考えるのは、ごくごく普通のことだろう。

責任感の強い人間ならば、家のことを考えて遠路はるばるやってくることも厭わないかもしれない。

たとえ、ミレイナのことを好きでなかったとしても。

「でも、俺は姉さんのことを思って……」

「嘘。わたくしのことを思ってくれているなら、こんな計画秘密にしないはずよ」

紹介したい友人がいることは、以前聞いている。

しかし、わざわざ王都から片道七日もかかる場所に一同を呼び出すとなれば話は別だ。

馬車で七日。軽い気持ちでは決断できるものではない。往復で最低でも半月は家を空けることになるということだ。

ビルから招待された男たちは、王都で活躍する人ばかり。無理をしてここに来たに違いない。

「ごめん……。サシャが最近、俺と姉さんの関係を心配しててさ」

「サシャさんが？」

「うん。最初は『殿下と結婚するのでは？』って噂もあったからよかったんだけど、最近突然婚活を始めただろ？　それで、余計サシャが心配しちゃって。……姉さんに婚約者ができれば安心するかと思ったんだ」

「それで、フレソンさんや他の方を紹介しようと思ったの？」

「ここ数年、姉さんを紹介してほしいっていろんな人に頼まれててさ……。姉さんに婚約者ができればサシャも安心するだろうし……」

ビルの語尾はどんどん弱くなっていく。

ミレイナは彼のことはずっと弟のように思って接してきた。年が二歳しか離れておらず、同じ王都に住む従弟はビルだけだったからだ。

兄弟がいないビルはミレイナとウォーレンによく懐いていたし、悪い気はしなかった。

けれど、やはり従弟は従弟でしかない。いくら姉弟のように育ったとしても、二人は結婚可能な関係なのだ。

遠く離れた場所に住む婚約者が不安になるのも理解できる。

「俺、よかれと思って……」

「ビルは間違っているわ。あなただって本当はわかっているのでしょう？」

「姉さん……ごめん」

「謝る相手が足りないわ。行きましょう」

ミレイナはビルの腕を掴むとまっすぐサシャの下へと歩き出した。きっと、今だって不安になっているはずだ。

ビルはいまだに言い訳を並べていたが、ミレイナの耳には届かなかった。

（ビルのことを弟以上に見たことはないけれど、サシャさんからしてみたら不安よね。わたくしが考えなしだったわ）

ここ数年、ビルとの関わりが多かったわけではない。

元々引きこもり気質のミレイナは、夜会の参加も控えめだったし、ふだんビルを連れ回すようなこともしたことがなかった。

けれど、遠くに住んでいれば、認識はねじ曲がってしまっていてもおかしくはないだろう。

これを機に、ビルとはほとんど関わりがなくなっていることを伝えなければならない。

ミレイナはビルを無理やり引き連れ、令嬢たちの輪にいたサシャに声をかけた。

「サシャさん。今日は素敵なパーティーをありがとう。少し話があるのだけれど」

「ミレイナお姉様、ビルもどうしたの？」

「わたくし、サシャさんに謝らないといけないと思って。あなたの気持ちをもっと考えなければならなかったのに、ごめんなさい」

「えっと……。その……」

サシャは困ったようにビルを見た。けれど、彼は落ち込んでいるのか、黙ったままだ。

「ビルとは年の近い従弟だから、昔はよく遊んでいたの。でも、最近は年に数回しか会っていないから安心して」

「……本当ですか？」

「もちろんよ。わたくしは引きこ……あまり外出もしないから、ビルと会う機会もないわ」

「でも、ミレイナお姉様はお身体が弱いから、よくお見舞いをしないといけないって……」

「お見舞い……？」

ミレイナはサシャの言っている意味がわからなくて、首を傾げた。

今まで見舞いなど来てもらったことがあっただろうか？

「ほ！　ほらっ！　姉さんは寝込むと長いだろ!?　いつも見舞いに行っても会えなくてさ！」

ビルは慌てたように言いつくろう。

（本当に？　でも、そんな報告は受けていなかったわ）

アンジーは誰かがミレイナを訪ねて来たら、報告するはずだ。ビルのときだけ報告のし忘れをするとは思えない。

「ビルは婚約してからずっと、ミレイナお姉様のことばかり。こっちに来るって約束していた夏のバカンスだって、ミレイナお姉様に用事をお願いされたからって……」

「夏？　わたくし何かお願いしていたかしら？」

年がら年中、セドリックの下に足繁く通っている身としては、まったく記憶になかった。何かをお願いするにしても、夏のバカンスの予定をなしにするほどのことなど頼んだ記憶はない。

ミレイナが首を傾げると、ビルの頬が引きつった。

「……ビル、どういうこと？　夏に来られなかったのはミレイナお姉様の用事だって手紙に書いていたじゃない？」

「そ、それは……。何かの手違いでなくなったというか……」

ビルの声は尻すぼみになっていった。

「つまり、ビルはわたくしを理由にして、サシャさんに会いに来ていなかったということね」

「それは……！　その……ごめん」

「わたくしに謝られても困るわ。これはあなたとサシャさんの問題でしょう？」

誤解が解けたのであれば、これ以上の介入は不要だ。

人の恋路に口出しができるほど、ミレイナは経験豊富ではなかった。

「わたくしは帰るから、二人で話し合ってね」

ミレイナは側に控えていた騎士に「帰る準備をするようにアンジーに伝えてちょうだい」と指示を出した。

今日は古城の部屋に一泊する予定だった。

そのため、アンジーはミレイナが使う予定の部屋で待機しているのだ。

しかし、ビルの面倒な計画に巻き込まれないためにも、パーティー会場からは極力離れたほうがいいだろう。

フリック家に戻るもいいし、今から泊まれる宿を探してもいい。

「サシャさん、ビルのことで何かあればエモンスキー家が助けますから、いつでも連絡してちょうだいね」

ミレイナはサシャの手を握りしめ、笑みを浮かべた。

サシャの緑色の瞳が不安げに揺れる。

ビルの婚約はエモンスキー家には関係がない。しかし、ここまで関わっておいて、「何も知らない」と突っぱねるほどミレイナは冷徹にはなれなかった。

「待ってよ、姉さんっ！　俺のためにももう少しパーティー会場にいてよ……」

ビルはミレイナの腕を掴んで、弱々しい声で言った。

みんなにはなんと言って、この場所まで呼び出したのだろうか。

ミレイナは苦笑した。

悪さをしたあとの子どもみたいな顔だったからだ。

「もう大人なのだから、後始末は自分でつけなさい。きっと、叔父様と叔母様もそう言うと思うわ」

ビルは目を見開いた。

ミレイナがビルを見放すとは、考えてもいなかったのだろう。

ビルは一人っ子であり、跡取りだったから両親に大切に育てられた。

そして、ミレイナやウォーレンも弟のように可愛がってきた。

少し、甘やかしすぎたのかもしれない。

ビルは床に膝をついて呆然とミレイナを見上げた。

「そんな……。俺、ここに来れば殿下がいないから、みんなが姉さんと話す機会ができるって言っちゃったんだ……」

ミレイナは膝を曲げてビルに視線を合わせる。そして、優しく微笑んだ。

「そう。なら、きちんと『嘘でした。ごめんなさい』と謝って回りなさい」

ビルはそれ以上何も言わなかった。諦めたと取っていいだろう。

騎士を送り出し、ミレイナはサシャにもう一度挨拶をしたあと、颯爽と出口に向かって歩いた。

いつの間にか、会場のオーケストラの音楽すら止まっている。

誰もが呆然とミレイナの歩く姿を目で追う。

ミレイナは人前で従弟を叱りつけた興奮と羞恥で、いっぱいいっぱいだった。

(もう注目は浴びたくなかったのに……。全部ビルのせいだわ。絶対、叔母様に告げ口するんだから っ)

叔母は娘もほしかったと、幼いころからミレイナのことを娘のように可愛がってくれている。

ミレイナが今日のことを報告すれば、ビルをたっぷり叱ってくれるだろう。

しかし、パーティー会場の出口にさしかかったところで、強く腕を掴まれた。——アンドリューだ。

「きゃっ！」

「ミレイナ嬢、さすがにこれはあんまりでしょう」

彼は息を荒くしてミレイナを引き寄せる。

口から漂う強いワインの香りに、ミレイナは眉根を寄せた。

「痛いわ。離してちょうだい」

「離したら、帰るのでしょう？　みな、ミレイナ嬢のためだけに遠路はるばるやってきたというのに、このまま帰るのは失礼ではありませんか？」

「わたくしは、一度もお願いした覚えはないわ」

アンドリューの握る手が強くなる。

痛みのせいだろうか、目に涙が浮かんだ。

会場にはこんなにも人がいるのに、誰一人ミレイナを助けようとはしなかった。

（痛い……。アンジーたちが戻って来るまでの辛抱よ……）

アンジーであれば、会場から出てこないミレイナを心配して、様子を見に来るに違いない。

「おまえは侯爵夫人にちょうどいいと思ったから優しくしていたが、下手に出ていれば、いい気になりやがって……」

彼は人が変わったように顔を歪めた。

苛立った様子で、ミレイナに向かって手を振り上げる。

ミレイナは強く唇を噛みしめ、瞼をぎゅっと瞑った。

（セドリック……！）

頭を過ったのは、セドリックの顔だった。

彼は誰よりも、ミレイナのことを気にかけ、いつも「側にいろ」とミレイナを守ろうとしてくれていたではないか。

彼から逃げるのではなく、彼に向き合っていたら。いや、自分の気持ちに向き合っていたら。

目頭がじわりと熱くなった――その瞬間だった。

「ぐあっ」

カエルが潰されたときのような低い声と共に、腕を握られていた手が緩む。

そして、身体が後ろに引き寄せられた。

「誰が、侯爵夫人にちょうどいいって？」

聞き慣れた声。少年から青年に変化する途中の少し高めの声だ。

ミレイナはその声が大好きだった。

「殿……下？」

おそるおそる瞼を上げると、視界で黒髪が揺れる。

「迎えに来た」

ぶっきらぼうにそれだけ言うと、セドリックはミレイナの腰を強く抱き寄せる。

甘くて優美な花の香りに包まれた。

「どうして？」

「どうしてって、一人で旅行なんてずるいだろ？」

まるで、当たり前のように言うセドリックに、ミレイナはそれ以上何も聞けなかった。

恐怖でまだ足が笑っている。立っているというよりは、セドリックに支えられてどうにか踏みとどまれている状態だ。

ミレイナは震える手でセドリックに捕まった。

「もう、大丈夫だから」

耳元でセドリックが囁くように言った。

いつもよりも低い声。怒っているのがわかる。

セドリックの視線を追っていくと、アンドリューが床に転がっていた。

「アンドリュー・フレソン、だったかな」

セドリックから冷たい目を向けられ、アンドリューが慌てて立ち上がる。

「は、はい、殿下。覚えていてくださるとは光栄です」

セドリックはアンドリューを頭の天辺から足の先まで見ると、鼻で笑った。

「アンドリュー・フレソン。君は腕と爵位、どちらが大切だ？」

「……へ？」

間抜けな声を出す。セドリックは答える代わりに、にんまりと笑った。

「テオ、ここにいる奴らの名前を全部記録しろ」

「殿下、私一人でですか⁉」

「ああ。僕はミレイナの手当てをしに行く」

「ここにいるのは一人や二人じゃありませんよ？　それを記録するのに、どれくらいかかると思っているんですか」

「そんなの僕には関係ない。一人も残すなよ」

テオはがっくりと肩を落としながらも、会場にいる人間を全員誘導し始めた。

「殿下、いったい何をする気なの？」

「たいしたことじゃないから、ミレイナは気にしなくていい。それより、手当をしに行こう。痛いだろ？」

セドリックがミレイナの腕にできたあざにそっと触れた。

白い肌に浮かび上がるうっ血は、ミレイナが感じる痛み以上に痛々しく見える。

さきほどの恐怖を思い出すのに十分だった。

「ええ、ありがとう」

会場の外に向かって一歩を踏み出そうとした瞬間、足から崩れ落ちそうになった。セドリックが腰を支えてくれたお陰で、尻餅は免れたが。

ミレイナは苦笑を浮かべた。

「ごめんなさい。少しびっくりしたみたいなの」

セドリックは眉根を寄せただけで何も言わない。もう一度アンドリューを睨みつけると、ミレイナをそのまま横抱きにした。

「殿下っ⁉」

ミレイナの叫び声が会場に響く。しかし、セドリックは気にせず、ミレイナを抱き上げたまま、会場を後にした。


セドリックによって運ばれたのは、ミレイナが今夜泊まる予定の部屋だ。

荷物を詰め込んだアンジーが、セドリックを見て驚きに声を上げ、ミレイナの腕にできたあざに二度目の叫び声を上げる。

「お嬢様の白い腕がこんなになるなんて……！　いったいどなたがっ⁉」

大きなソファに身体を預けたミレイナは、安堵の息を吐き出した。ずっと気を張っていたせいだろうか、疲れがあふれ出したように感じる。

ミレイナの腕にできたあざを見て、嘆くアンジーにミレイナは眉尻を下げた。

「ごめんなさい。わたくしの不注意よ」

早く帰りたいばかりに、騎士を先に戻したのがいけなかったのは明白だ。

最後まで騎士と一緒にいれば、アンドリューの暴走も防げただろう。

「お嬢様は悪いことなどしておりません。誰があのような大勢のいる場で傷つけられると思うでしょうか？　私がすぐに騎士をお嬢様の下にお返しすればよかったのです」

アンジーが涙を浮かべる。彼女は包帯を巻き終えると、「お飲み物を用意します」と言って隣の部屋へと走っていってしまった。

セドリックはミレイナの側に立ったまま、微動だにしない。苦虫をかみつぶしたような顔でジッと見つめていたのは、ミレイナに巻かれた包帯だった。

「殿下、わたくしは大丈夫よ。少し驚いたけれど……。安心して」

ミレイナよりも傷ついた顔をしている。

慰めようと思って、セドリックに腕を伸ばした。

彼は伸ばした手を取り、ミレイナの前に跪く。

「来るのが遅れて悪かった……」

「殿下のせいではないわ！　わたくしの不注意よ」

「いや、もっと速く馬車を走らせていれば……」

セドリックは奥歯を噛みしめる。

「わたくしは殿下が来てくれて嬉しかったわ。ありがとう」

いつの間に、こんなに大きく成長したのだろうか。

出会ったときは見下ろせるほど小さな少年だったというのに。

ミレイナが満面の笑みを見せると、セドリックは小さくため息を吐き出した。

「今日は古城を貸し切りにしておくから、ミレイナは何も心配せずにゆっくり休んで」

セドリックはミレイナの額に口づけを落とすと、優しく微笑んだ。

彼のこんなにも優しい笑みを、見たことはなかった。

ミレイナは呆然とセドリックの背中を見送る。

何か伝えたいはずなのに、何を言っていいのかわからなかった。

アンジーの入れたホットミルクを飲みながら、ミレイナは何度も額をなぞる。

セドリックが最後に見せた笑みが忘れられない。

（今になってやっとわかったわ。わたくしは殿下が……セドリックが好き）

いつだって、セドリックのことを考えてしまうのは、ただ彼が前世からの推しだからだと思っていた。

けれど、今ならわかる。彼の笑顔を他の人に見せたくない。これは、独占欲だ。

(もう、弟だなんて思えないわ……)

原作の内容を知っているから。いつかはシェリーの下へ行ってしまうことを知っているから、彼は弟のようなものだと言い聞かせてきただけだ。

もうずっと前から、セドリックのことを異性として意識していたに違いない。

ミレイナを抱き上げたときの強い腕。彼の腕の中にいるときの安心感。思い出すだけで、胸が早歩きになった。

ミレイナは口づけられた額をもう一度撫でる。

(でも、セドリックは……)

自分の気持ちに気づくのが遅すぎた。

セドリックとシェリーの物語は始まってしまっている。

けれど、ミレイナは嘘をつくのが苦手だ。自分の気持ちに気づいてしまった以上、それを隠し通す自信はなかった。

(気持ちを伝えるのは自由だわ。振られてすっきりしたら、二人を応援できると思う)

ミレイナはベッドから起き上がると、アンジーに声を掛けた。

「ねえ、アンジー。着替えを手伝ってもらえる?」

「もちろんです。殿下に会いに行かれるのですね?」

アンジーの問いにミレイナは小さく頷いた。アンジーがミレイナの気持ちに気づいたのではないかと思うと、気恥ずかしかったのだ。

「では、いつも以上におめかししましょう」

アンジーは満面の笑みを浮かべた。

◇◆◇

ミレイナは城から出ると、空を見上げた。綺麗な満月が浮かんでいる。

セドリックも古城に泊まっていると聞いて、彼の部屋に会いに行ったが、テオに散歩に出てしまったと言われてしまった。

もしかしたら会えるかもしれないと思い、外に出たのだ。

花の香りがふわりとミレイナを包み込む。花畑があるせいか、複数の花の香りが混じっていた。

「あら……？」

風で吹かれた花片が、ミレイナのドレスに引っかかる。真っ赤な薔薇の欠片だった。

古城の廊下に落ちていたものと同じだろうか。同じ形の花片がミレイナの部屋の前に一枚、廊下に二枚落ちていたのだ。

「エデンの丘にも薔薇が咲いているのかしら？」

ミレイナは辺りを見回した。

しかし、薔薇は見当たらない。遠くから飛ばされてきた可能性がある。

ミレイナはエデンの丘に向かった。

古城の奥の狭い通路を通ると、エデンの丘に繋がる。ミレイナはエデンの丘の入り口で、足を止めた。

「またあったわ」

足元に二枚目の花片を見つけて拾い上げる。真っ赤な花片を鼻に近づけた。

甘くて優美な香りだ。

どこかで嗅いだことのあるような気がした。

薔薇はエモンスキー家の庭園でも育っているから、そこだろうか。

「これって……」

ミレイナはまじまじとその花片を見つめた。

(そんなはずないわ。だって、あの薔薇はここに咲いているはずがないもの)

ミレイナはこれとよく似た薔薇を知っている。

ベスタニカ・ローズ。

それは王家の薔薇と呼ばれ、王宮の庭園でしか育てられていない薔薇だ。苗を持ち出すことは許されず、それが露見すれば処刑されてしまう。

ミレイナの胸がざわめく。

思わず、駆けだした。

また一枚、風に揺れる花片を拾い上げ、坂を駆け上がった。

エデンの丘には大きなガゼボが建っている。

屋根の掛かっていない骨組みだけのガゼボは、見上げたときに美しい星を楽しめるようにという思いから設計されたそうだ。

花畑の真ん中に佇むガゼボに人影を見つけて、ミレイナの胸が跳ねた。

「……セドリック？」

つい名前を呼んでしまい、慌てて両手で自身の口を押さえる。王族の名を許可なく口にするなど、他の人に聞かれたら、不敬だと罪に問われることだってあり得るのだ。

拾った花片が風に乗って旅立った。

優美な強い薔薇の香り。

やはり、この香りはよく知っている。つい先日、夜の庭園で嗅いだばかりだ。

人の影がゆっくりと動いて、振り返った。

「ミレイナ？」

聞き覚えのある声に、ミレイナの心臓が騒ぎ出す。

ミレイナは早歩きになる心臓を叱咤して、笑みを浮かべた。

「セドリックも花を見に来たの？」

「ああ」

一歩、二歩と彼に近づく。そのたびに心音が耳元でうるさく鳴り響いていた。

（もしかして、わたくしったら、夢を見ているのかしら？）

セドリックが薔薇の花束を持ってエデンの丘にいるなんて。

頭の中のあちらこちらに散らばっている願望を、寄せ集めたとしか考えられない。

ベスタニカ・ローズ。

その薔薇は特別だ。

王族が、セドリックがプロポーズのときに使う花だから。

「どうしてこんなところにいるの？」

「今日のミレイナはどうしてが多いな」

「だって、不思議なの」

わからないことだらけだ。

セドリックが遠路はるばるフリック家に来た理由。

フリック家の領地は王都から馬車で七日。王族の力を使っても、それは変わらない。

そして、エデンの丘で薔薇の花束を持っている理由。

ベスタニカ・ローズの特別さは、原作小説の中で何度も語られている。

この薔薇を王宮の外に持ち出すには国王の許可がいるほどだと。

全部ミレイナのためではないのかと、勘違いしてしまいそうになる。

「なにがそんなに不思議なんだ？」

「色々よ。こんな遠くまでどうして来たの？」

「そんなの、決まっているだろ」

セドリックは不機嫌そうに眉根を寄せた。そして、ミレイナの耳元に唇を寄せる。

「ミレイナが逃げるから」

その言葉に、ミレイナは再び目を丸める。

「そ、そんなことで……？」

「そんなことって。ミレイナが逃げるから予定が全部崩れたんだ」

「予定って？」

セドリックはミレイナの胸にずいっと薔薇の花束を押しつける。

ベスタニカ・ローズの強い香りに包まれた。

「ミレイナが帰って来るのを待ってたら、全部枯れるところだった」

「こんな大切な物をどうして……？」

「どうしてって……。そんなのプロポーズのために決まってる」

セドリックは膝をついて、ミレイナを見上げた。

「ミレイナ。君が来ない日は調子が狂う。いつの間にか、君が隣にいる一時間が一日の中で一番になっていた」

黒の髪が月明かりを浴びて優しく輝く。

「だから、ミレイナ。……いや、ミレイナ嬢。僕の伴侶になって。一時間じゃなくて、ずっと僕の隣にいて」

枯れかけのベスタニカ・ローズ。

繊細な花が長旅を生き抜くのは大変だっただろう。

視界がぼやけた。こみ上げてきた涙をミレイナは慌てて拭う。

「わたくしがこの薔薇を受け取ったら、セドリックは他に好きな人ができても、結婚できなくなるのよ？」

ベスタニカ・ローズは王族を象徴するものの一つだ。

初代の国王が王妃にこの薔薇を捧げて以来、王族のプロポーズにはこの薔薇が使われてきた。

慣習というだけではない。

王家では相手がベスタニカ・ローズを受け取った瞬間から、契約以上の強い効力が生まれると考えられてきている。

この先、セドリックがシェリーを好きになったとしても、ミレイナを簡単には捨てられなくなるのだ。

ミレイナはセドリックに自分の気持ちを伝えるつもりで、彼を探していた。

だから、彼のプロポーズは嬉しい。

すぐにでもこの花束を胸に抱きたかった。

けれど、振られるつもりだったから、喜びと不安が一気にミレイナを襲う。

本当に大丈夫？　セドリックの一時の迷いではない？

そんな不安がミレイナの手を止めるのだ。

セドリックは顔を歪めた。

なかなか薔薇を受け取らないミレイナに対し、彼は小さくため息を吐くと立ち上がる。そして、ミレイナの顔を覗き込んだ。

「僕は尻軽じゃない。ミレイナに振られたら生涯独身でいい。でも……」

「でも？」

セドリックがニッと歯を見せて笑う。

「ミレイナがそんなに不安なら、僕を閉じ込めて、ミレイナしか見られないようにしてよ」

「と、閉じ込めるだなんて……っ！」

「いい案だろ？」

彼は意地悪そうな笑みを浮かべたまま、ミレイナの手を取った。

冷えた手に、彼の唇が触れる。

「僕はミレイナしか見ない。だから、ミレイナも僕だけを見て。この薔薇を受け取って、僕の伴侶になるって言ってよ」

彼のアメジストの瞳がまっすぐミレイナを捕らえたまま離さない。

(怖がっているばかりじゃだめ。覚悟を決めなきゃ)

いつだって、何かを決めるときは不安や恐怖がついてくるものだ。

ミレイナはぎゅっと彼の手を握り返した。

「わたくし、セドリックが好きよ。誰よりも好き」

「うん」

「だからとても怖いの。これから社交場に出るようになって、たくさんの人と出会うようになったときに、セドリックが後悔しないか」

原作とは違う道を歩んで、彼は幸せになれるのか。とても不安だ。そして、もっと怖いことがある。

「もし、セドリックが新しい恋をしたら、本当に閉じ込めてしまうかもしれないわ」

悪者になったとしても。どんな手を使っても、ミレイナはセドリックを離せないかもしれない。

「それでもいいの？」

「もちろん。そもそも前提条件が間違っている。僕の目にはもうミレイナしか映ってない。ほら、見てよ」

紫色の目にはミレイナしか映っていない。「……屁理屈なんだから」と、ミレイナは頬を膨らませた。

「もう一度言う。僕の人生はこの先ミレイナに捧げるから、僕の隣で笑って。泣いて。怒ってよ」

再び薔薇の花束を差し出され、ミレイナはまじまじと見つめた。

紫の瞳が不安そうに揺れる。

不安なのは、セドリックも同じなのだろうか。

そう思うと、ミレイナの気持ちも少しだけ軽くなる。

（原作に逆らうことになったとしても、わたくしはセドリックの側にいたいの）

ミレイナはゆっくりと花束を受け取った。

「その……ふつつか者ですが、よろしくお願いします」

ミレイナが控え目に言うと、セドリックの頬が緩む。

そして、腹を抱えて笑った。

「なに、そのまぬけな返事」

「だって……。それ以外に思い浮かばなかったの！　仕方ないでしょう？　プロポーズなんて初めてなんだもの」

「ミレイナらしくていいけどね」

セドリックがあまりにも揶揄うものだから、ミレイナは頬を膨らませるしかなかった。年長者らしく、もっと素敵な言葉を返すつもりだったのに。

楽しそうに笑っていた彼が、急に真面目な顔でミレイナを見下ろした。

「ミレイナ、愛してる。ミレイナは？」

「もちろん、わたくしもセドリックのことが大好き。愛しているわ」

セドリックは嬉しそうに笑うと、ミレイナから薔薇の花束を奪って、椅子に転がした。

彼がミレイナの腰を抱き寄せて、花束が消えてできた空間を埋める。

彼の長い睫毛が数えられそうなくらい近づいて、ミレイナは瞼を落とした。

重なった温もりと、二人を包み込む高貴な香り。

きっと、毎年ベスタニカ・ローズが咲くと思い出すだろう。

◇◆◇

　翌日、ミレイナとセドリックは、同じ馬車で帰路についた。

　ミレイナの部屋にベスタニカ・ローズがあったことで、使用人たちの口からセドリックとミレイナの婚約があっさりと広まったのは言うまでもない。

　ミレイナがベスタニカ・ローズの香りに包まれて、幸せな気分で眠りについているあいだに、セドリックやテオたちが色々と手を回していたことを、朝食の席で知った。

　あのパーティーの参加者にどんな制裁がくだされたのか、詳しくは教えてもらえなかった。

　セドリックが朝からフレソン家やパーティー参加者に長文の手紙を書いていたから、王都に着いたころにはもう一波乱起こりそうだ。

　たった一晩で、ビルはげっそりとやつれていた。何があったか詳しくは聞かなかったが、サシャとの婚約も白紙になったのだという。

　サシャの顔は晴れ晴れとしていたのが救いだ。

「ねえ、セドリック。どうして、あの夜はエデンの丘にいたの？」

「ん？　ああ、これに書いてあったから」

　セドリックは内ポケットから見覚えのある手紙を取り出した。――ミレイナがセドリックに宛てた手紙だ。

「どうしてそれを持っているの？　王都に持って行ってもらったはずよ？」

「途中ですれ違ったから。エモンスキー家の紋章が付いてたからすぐにわかった」

フリック家と王都を結ぶ道は何本かあるが、最短距離を選ぶと同じ道になってしまう。セドリックとエモンスキー家の馬車がすれ違うのは必然だ。

「本当はミレイナを呼び出して、プロポーズする算段だったんだ」

「でも、呼び出された記憶がないわ」

「だって、色々疲れていただろ？」

セドリックはミレイナの手を取る。

包帯が巻かれた腕は痛々しいように見えた。

強く握られたせいであざになっているが、数日で治るだろうと医師が太鼓判をおしてくれたから問題ないだろう。

「じゃあ、どうしてエデンの丘にいたの？」

ミレイナは首を傾げた。

セドリックは少し悩んだあと、口角を上げる。

「秘密」

彼の意地悪な顔に、ミレイナは頬を膨らませた。

「もうっ！　少しくらい教えてくれたっていいじゃない」

「でもさ、先生の言うとおりの場所でプロポーズをしたんだから褒めてよ」

「も、もう先生じゃないわ」

「そうだった。もう、ミレイナは先生でも友達でも姉でもなく、僕の綺麗で可愛い婚約者だった」

　セドリックが嬉しそうに頬を緩める。彼の幸せそうな笑みを見ていると、ミレイナの胸もいっぱいになる。

（原作どおりにいかないなら、わたくしが原作以上に推しを幸せにするだけだわ）

　セドリックの人生は原作どおりにはいかなかったけれど、それでも今は幸せそうに笑っている。

　それが答えだ。

　彼はミレイナの顔を覗き込んだ。

「ねえ……。キスしていい？」

「そっ！　そんななんで突然っ……!?」

　頬が熱い。

　恥ずかしさで気絶してしまいそうだ。

（そ、そんな風に育てた覚えはないわ！）

　こんなに艶のある彼をミレイナは知らない。

　いつも彼はツンケンして、ミレイナに冷たく当たるのが常だった。

　もちろん、そのほとんどが本気ではないことは、原作の知識から知っている。

「……ダメ？」

「だめ……では、ないわ……」

不安そうな表情で見られて、だめとは言えなかった。

彼は満足そうに笑みを浮かべると、ミレイナに顔を寄せる。

「ほら、目を瞑ってよ」

鼻がぶつかりそうな距離で言われて、ミレイナは固く目を閉じた。彼の鼻息が掛かる。

ミレイナとセドリックは揺れる馬車の中で、長い長い口づけを交わした。

本書に対するご意見、ご感想をお寄せください。

あて先

〒162-8540 東京都新宿区東五軒町3-28
双葉社　Mノベルス f 編集部
「たちばな立花先生」係／「カロクチトセ先生」係
もしくは monster@futabasha.co.jp まで

Mノベルス

愛さないといわれましても
元魔王の伯爵令嬢は生真面目軍人に餌付けをされて幸せになる
豆田麦
ill.花染なぎさ
「君を愛することはないだろう」政略結婚の初夜。夫から突然『愛さない宣言』をされてしまい、焦るアビゲイル。それって……ごはんはいただけないということですか!? 家族にずっと虐げられてきた前世魔王の伯爵令嬢が、夫の生真面目軍人に餌付けをされて幸せになる、新感覚餌付けラブストーリー!

発行・株式会社　双葉社

Mノベルス

関係改善をあきらめて 距離をおいたら、
塩対応だった婚約者が
絡んでくるようになりました
雨野六月
illust：雲屋ゆきお
「ビアトリスは強引に俺の婚約者におさまったんだ。俺は最初から不本意だった」婚約者であるアーネスト王子がそう言っているのを知ってしまった、公爵令嬢ビアトリス。人気者の王太子殿下と嫌われ者の公爵令嬢という関係に甘んじていた彼女だが、気持ちを切り替えて好きに生きることを決意する。けれど、美貌の辺境伯令息や気のいい友人たちと学院生活を楽しむビアトリスに、それまで塩対応だったアーネストがなぜか積極的に絡んでくるようになって…!?

発行・株式会社　双葉社

Mノベルス

tobirano presents
とびらの
illust: 紫真依
ずたぼろ令嬢は
姉の元婚約者に
溺愛される
zutaboro reijou ha ane no motokonyakusha ni dekiai sareru

親から召使として扱われているマリーの誕生日パーティー、主役は……誰からも愛されるマリーの姉・アナスタジアだった。パーティーを抜け出したマリーは、偶然にも輝く緑色の瞳をしたキュロス伯爵と出会う。２人は楽しい時間を過ごすも、自分の扱われ方を思い出したマリーは彼の前から逃げ出してしまう。そんな誕生日からしばらくし、姉とキュロス伯爵の結婚が決まったのだが、贈られてきた服はどう見てもマリーのサイズで——!?　「小説家になろう」発、勘違いから始まったマリーと姉の婚約者キュロスの大人気あまあまシンデレラストーリー!

発行・株式会社　双葉社

Mノベルス

死にたくないので、
全力で媚びたら
溺愛されました！
夕立悠理
ill. なま
通学中に交通事故に遭った私は、乙女ゲームのモブ令嬢リリアンに転生したのだが……乙女ゲームのラスボス兼攻略対象でもある、婚約者オーウェン公爵に『地雷を踏まれた』という理由で1年後に殺されてしまう。地雷の内容が全く思い出せないので、地雷を踏んでも殺されないように全力で媚びるしかない!?と、オーウェン様への必死の媚び媚び生活を始めたはずが、逆に溺愛されているようで——!?
小説家になろう発、太鼓持ちのモブ令嬢×ラスボス公爵のラブコメディ！

発行・株式会社　双葉社

ノベルス

推《お》しの育《そだ》て方《かた》を間違《まちが》えたようです～第三《だいさん》王子《おうじ》に溺愛《できあい》されるのはモブ令嬢《れいじょう》!?～

2024年12月11日　第1刷発行

著　者　たちばな立花《りつか》

発行者　島野浩二

発行所　株式会社双葉社
〒162-8540　東京都新宿区東五軒町3番28号
［電話］03-5261-4818（営業）　03-5261-4851（編集）
https://www.futabasha.co.jp/（双葉社の書籍・コミック・ムックが買えます）

印刷・製本所　三晃印刷株式会社

落丁、乱丁の場合は送料双葉社負担でお取替えいたします。「製作部」あてにお送りください。ただし、古書店で購入したものについてはお取り替えできません。定価はカバーに表示してあります。本書のコピー、スキャン、デジタル化等の無断複製・転載は著作権法上での例外を除き禁じられています。本書を代行業者等の第三者に依頼してスキャンやデジタル化することは、たとえ個人や家庭内での利用でも著作権法違反です。

［電話］03-5261-4822（製作部）
ISBN 978-4-575-24788-6 C0093